Ritsu & Shūji
「小説家は誓約する」

「そう、気持ちいい、から……いっぱい舐めて、奥も、指とあんたので掻き混ぜて、それから中で出して……?」
期待に潤んだ目を薄く開いて囁く。うっとりとした表情に「ちくしょ」と脩司が唸った。
「俺のしたいようにさせるんじゃねえのかよ」
(「小説家は溺愛する」P.105より)

小説家は誓約する

小説家は懺悔する3

菱沢九月

キャラ文庫

この作品はフィクションです。
実在の人物・団体・事件などにはいっさい関係ありません。

目次

口絵・本文イラスト／高久尚子

小説家は溺愛する

一日一度の愛の言葉と、キスやあるいは馴染《なじ》んだ体温。

毎日に必要なオプションはそれだけで、言ってみれば小説家との暮らしはもはや満ち足りた日常になった。

松永律《まつながりつ》はそう思う。

後先もわからないままこの家に来て丸一年。去年の春先は思わぬ不運を呼び込んで、〈住所不定無職の二十四歳、ついでにゲイ〉という我ながら絶望的な状況だったけれど、たった一歳年齢を重ねる間にそれもはるか遠い過去になってしまった。

おそらくここが真っ只中《まただなか》だという自覚がある。なにしろいまが心地いい。

そんな五月の朝だった。

北陸《ほくりく》の片隅の住宅街にある、築何十年とも知れない一軒家の二階。

「ね……ちょっと重たいよ」

広々としたベッドの中で目覚めた律は細い肩を揺らし、甘さの滲《にじ》む声で言った。

午前十一時。初夏の陽射《ひざ》しで寝室の小窓に面した障子が明るい。青みのない昼近くの光が、色素の薄い彼の猫っ毛や丸い瞳を柔らかく浮き上がらせている。

「俺起きるから。そろそろ放して？」

胸に乗り上げた裸の腕を押し退《の》けようとしたが、力を抜ききった男の重みから逃れるのは容易ではなかった。百七十の自分より十センチ近く背の高い彼は、坐業《ざぎょう》には勿体《もったい》ないようなバランスのいい体をしている。

佐々原脩司《ささはらしゅうじ》、三十歳。五つ年上の恋人。

「休みなんだからゆっくりしてろよ」

脩司が半分眠った声で囁《ささや》き、ぎゅっと強めに抱き締めてきた。

（……その声、反則だって）

耳元に吹き込まれる声は律が死ぬほど好きなトーンだった。煙草《たばこ》と酒で掠《かす》れ気味の声もどこか野性的な顔立ちも最初から好みだったけれど、見飽きないどころか毎日惚《ほ》れ直す。

「駄目だって」

けれど重ねて律は言った。黙らせたいみたいに、器用な指が肌をくすぐってくる。

「あのさ……脩司さん、あんた駄目って言葉の意味わかってる？」

「知らねえな。なんだそれ」

喉《のど》で笑って返された。

先月、律が近所の『プレジール』というレストランに勤めはじめてから、彼はちょくちょくそういうわがままを言う。

元々横柄で自分勝手な男だったが、甘える度合いは日に日に拍車がかかって最早手に負えないところまできていた。

「もー、変なとこ触んないで。眠いならおとなしく寝てください」

服を脱いだのは昨夜の二時だった。

十一時過ぎに店から帰った律が作った夕飯を二人で食べて、風呂《ふろ》を使った律の方が先にベッドに入った。すぐに仕事を中断した脩司がやってきて、たっぷりと抱き合ったあと裸のまま眠りに落ちたわけで、さすがにもう充分だと思う。

「寝るのは寝たけどな。おまえも週一ぐらいだらだらすりゃいいのに」

鋭い形の目を薄く開いて、脩司は優しく微笑した。深くて黒いこの瞳を見るとたまらなくなる。せっかくの休日が全部潰《つぶ》れてもしょうがない気がしてくるほど。

「しました。死ぬほどだらだらしたってば」

「いや、昨日は二回しかいかせてない」

「なんのこだわりなのそれ。……ちょ、ほんとにやめて」

さらに深く抱き込まれ腰を押し付けられて律の肌がさざめく。

「ん……っ」

背筋を柔らかく撫《な》で上げる指に感じて、触れられてもいない乳首が小さく尖《とが》ってしまう。

「その気になったか」

恥ずかしいと思うより早くそれに気付いた脩司の手が首に回ってきて、面白がるような笑みを見せつけられた。

「ならない、って」

茶色がかった目を揺らし、なんとか彼の胸を押し返そうとあがいたが抜け出せず、ほとんど根負けしかけたところで、のどかに、しかし大きな音で玄関のチャイムが鳴った。

「なんか来た」

はっとして律は言った。

「なんだよ、ちくしょ」

脩司が苦笑とともに腕を緩め、ベッドを出ようとした律を「俺が行く」と引き止めた。

「あとで続きするからな、メシ食ったら」

落ちていた部屋着のジーンズにシャツを羽織った彼がそう告げて階段を下りていく。年月で角がすり減った階段は男の重みで派手に軋《きし》んだ。

助かった、と思いながら、律は背の低い箪笥《たんす》から下着と部屋着を取り出して身に着ける。

（ほんと、一日中セックスなんかしてたら、明日仕事にならないもんなぁ）

コック業に復職してから約一ヶ月。最近、一回ずつが濃くなったと思う。

昨日の夜だっていつ眠ってしまったか覚えていないぐらいだ。

（……そういや二回目って、あんまり覚えてないかも）

たしか自分が上に乗っていて、気持ちよすぎて動けなくなったところで組み敷かれたはずだ。

あのとき脩司の瞳は真上にあった。きつく目を閉じてまた開けたときに彼が苦しげに眉《まゆ》を寄せ、悦楽を嚙《か》み締めるようにまつげを伏せていて、それがなんだかわからないぐらい胸に迫って、背中に爪を立ててキスを欲しがって堪《こら》えきれずに射精して。

（で……？）

後始末をしてもらったことも蛍光灯をいつ消したかもやっぱり覚えていなかった。

「少しは手加減してもらわないと」

剝《は》がしたシーツと昨日の夜に脱いだパジャマを抱えて溜息《ためいき》をつく。

一年、厨房《ちゅうぼう》に立たなかった。

高校を出て調理師学校に入ってからの六年間でこれほど長く白衣を着ないことはなかった。律にとって、いまの職場はそれぐらい自然な場所だ。

だけど脩司とは出会った日から一緒に暮らしてきたので、彼は恋人が家にいないことにまだ違和感を覚えるらしい。

（ほんと、こんなの全然想像してなかったよなぁ）

一階に下りてシーツを洗濯機に放り込み、キッチンに立つ。脩司は受け取った宅配便を仕事部屋に運んでいってまだ降りてこない。おそらく本でも届いたのだろう。

（去年まで名前も知らなかったのに）

付き合っていた男に裏切られ、行き場をなくして幼なじみの部屋に転がり込んでいた時期。

あのときは佐々原脩司という小説家の存在すら知らなかった。

そして出会った頃は脩司も、ちょっと眉をひそめたくなるような雑な一人暮らしをしていた――彼の生活を心配した親友が無職になった弟の友人にハウスキーパーを頼むほど。

二人を引き合わせたのは一柳《いちやなぎ》兄弟だった。脩司の親友の一柳匡史《ただし》と、その弟で律の幼なじみの一柳克己《かつみ》。

お互いの過保護な友人がいなければ会わなかった。お互いに予想外の相手だった。

（克己の部屋以外で帰る場所ができるなんて、考えたことなかったし）

両親を亡くした子供の頃から、たぶん家族に憧《あこが》れていた。同性愛者の自分には作れるはずのないものだと諦《あきら》めていたけれど、本当はすごく欲しかった。みんなが当たり前に持っている家庭とか、そんなものが。

十歳の自分を引き取ってくれた叔母夫婦には感謝しているが、実の子供ではないという気後れがなぜか最後まで拭《ぬぐ》えなかった。

――でもここは、自分の場所だ。

ぼんやりと思いながら、ポットの細い注ぎ口から三角のサーバーに湯を落とす。

コーヒーの香りでいっぱいになった台所には、律が買い揃《そろ》えた鍋《なべ》や皿や調味料がきちんと並んでいる。古臭い板張りの床は丁寧に磨かれて艶《つや》を取り戻した。

「なんだ、コーヒーぐらい淹《い》れてやったのに」

廊下の先から足音が近付いてきて、脩司ががらりと引き戸を開けて入ってきた。

「だってなかなか下りてこないから」

手を洗って席に着いた彼のために、律は熱いコーヒーをたっぷりと注ぐ。卵と温野菜のサラダ、パンに果物といった簡単なものが並ぶ食卓にクリームスープを付け足した。

「こんなに食えねえって」

「脩司さん、ジュースは？　牛乳？　トマトジュース？」

「……グレープフルーツ、一口でいい」

休日の食事はなんだか正しい感じがする。

「そうだ、今日辺りコーヒーメーカー買いに行かない？　あんたが壊したままだよ」

「行かない。食ったらおまえと寝るっつってんだろ」

寝起きの彼はあまりたくさん食べないけれど、他愛のない話をしながらゆっくりと過ぎていく時間は、正しく生活しているという気分になれる。

「でも俺、上の部屋の掃除はするから」

「なんだよ面倒くせえなあ」

「脩司さんは面倒くさくないでしょ」

「んなことやんなくていいって言ってるだろ、一仕事終わったら自分で片付ける」

言って、脩司がクロワッサンを噛み千切る。

「俺がしたいんだよ」

「それより一緒に風呂入らねえか。昼風呂、好きだろ?」

「じゃあ先に掃除機かけてこようかな」

「……勝手にしろ」

肩を竦《すく》めてパンの残りを口に放り込み、脩司は朝刊を手にした。

「そうする」

律はごちそうさまと手を合わせ、空になった皿をシンクに下げた。


「よくこんなに散らかせるよな」

二階の奥にある八畳の和室に入った律は、あちこちに束で置いてある紙に重石《おもし》として手近な本を載せてから窓を全開にした。吹き込んできた風で何かのメモが一枚飛んで、それを拾うついでにパソコンデスクの下でペンを見付け、なぜか本棚に置かれていた爪切りを定位置である卓上のトレイに戻す。

(っていうかこの辺の山って捨てていいんじゃないの? すごい邪魔なんですけど)

畳に雪崩《なだれ》ていた本を積み直しながら思った。書籍は仕方ないとしても、せめて読み終えた雑誌ぐらいは分けてほしい。

「まだやってるのか？」

上がってきた脩司が顔を覗《のぞ》かせ、律は掃除機のスイッチを切った。

「風呂、溜《た》まったぞ」

「先に入ってて」

「続きはあとでって約束は？」

戸口の柱に手を付いて脩司が唇の端を持ち上げる。

「してないよ、約束」

言ってみたものの余裕の笑みに降参して窓を閉めた。電話が鳴ったのはちょうどそのときだった。

「脩司さん」

歩み寄ってきた彼はファックス付きの本体を覗き込み、ディスプレイに並ぶ番号を見て首を振った。

「ああ、これは取らなくていい」

「仕事の電話じゃないの？」

「違う」

録音に切り替わった電話機が、知らない男の声をスピーカーから響かせた。

『お久しぶりです佐々原さん、誉田《ほんだ》です。五月号読みましたよ、駄目でしたねー』

相手は爽《さわ》やかなトーンで言った。

聞き覚えのない名に誰だろうと思うより先に、駄目、という直截《ちょくさい》な言葉に驚いて律はそのまま固まった。

『あれちょっとテーマがよくないんじゃないですか？　凡庸《ぼんよう》っていうか、かなり退屈でした。あれは駄作だな』

（え？　何？　それって書いた本人に言うようなこと？）

見上げると脩司は軽く首を傾《かし》げ――ほんの少しだけ苦笑しているようにも見えた。

『もしかしてあなた、人が死なない話は書けないのかもしれないね。ま、色々話したいんで電話ください』

ではまた、と明るい調子のまま電話はあっさりと切れた。

「……いまの、何？」

凡庸、退屈、駄作。ひどい単語の羅列に律は戸惑ったが、脩司は何事もなかったかのように「行くぞ」と踵《きびす》を返した。

「え……だってこれって普通に悪口だよね。放っておいていいの？」

「いつものことだ。いちいち人の書くもんチェックしてて鬱陶《うっとう》しいんだよな、あいつ」

「あいつって、知り合い？」

「批評家の誉田勇也《ゆうや》って奴。えーと、ああ、これだ。こいつ」

脩司の長い指が本棚の一冊を指した。

（ホンダって読むんだ、それ）

字面と随分違う性格なんじゃないのか、と馬鹿なことを考えていたら手を摑《つか》まれた。

「知り合いってほどじゃねえけど、昔どっかのパーティで会ってからやたらと俺に懐いてきやがるんだ」

「懐いてるって感じじゃないよ、あんなの」

仲良くなりたいような口振りではなかった。それに。

（聞いてるこっちが痛かったんだけど）

小説を読まない律は脩司が何を書いているかもよく知らないが、それでも恋人を悪く言われるのは不愉快だった。なんだかすごく苦しい気分になる。

（あ、俺いま怒ってる……）

腹の底がムカムカするのはあまり知らない感覚だった。わりとなんでも諦めてしまう自分にとって、怒りのように強い感情はいまひとつ馴染みが薄い。

「放っとけよ。難癖つける趣味があってそういう仕事してる奴なんだから」

でも、とぐずぐずしていたら、腕を引いて抱き込まれた。顔を上げる前に髪に優しいキスが落ちてくる。

「作品を発表したら色々言う奴もいるって、そんだけのことだ。おまえが気にすることはない」

それより風呂だ、と言われたので、素直に部屋を出て一緒に階段を下りた。


明るい昼の浴室で、律は後ろからゆったりと抱き締められていた。

数年前に水回りをリフォームされた家の浴槽はそれなりに広いがやはり男二人で入るには多少狭く、香りのいい泡が縁から溢《あふ》れそうになっている。胸に回ってきた長い指に上から手を握られ、遊ぶ仕草で自身の胸や肌を撫でさせられて律はふっと息を吐いた。

「くすぐったいよ、脩司さん」

「くすぐってんだよ」

さっき一瞬湧《わ》き起こった怒りが丸く宥《なだ》められていく感覚に目を閉じ、背後の逞《たくま》しい肩に頭を預ける。指をほどいた脩司が喉を撫でてきた。

「……あのさ、さっきのあの電話」

「なんだ、気にするなって言っただろ」

「うん、でも」

普通だったら自分より腹を立てていいはずの本人が平然としていることが、どうも釈然としなかった。鬱陶しいと言うわりに気に留めていないようにも見える。

「あんた、ああいうこと言われるの嫌じゃないの？」

茶化《ちゃか》すように下唇をつままれたけれど、無視して言葉を続ける。脩司は唇をなぞった指先を湯に落とし、薄い体を抱いたまま肩まで身を沈めた。

「どうでもいいってのが本当のところだな。行間を読めない奴もいれば深読みしすぎる奴もいる。誉田は後者だが、どっちにしたっていちいち引っかかってたら小説なんて書けねえよ」

「そういうもんなの？」

「たとえばだ。好き嫌いも、世界のどこで育ったかもわかんねえ百人全員の口に合う料理なんて作れると思うか、おまえ」

「それは無理だろうけど」

大きな手のひらに濡《ぬ》れた前髪を掻《か》き上げられて律は軽く目を伏せた。

「けど、好みの話だとしても、あんなことわざわざ本人に言わなくてもいいと思う」

「昔はライバル視してたって面と向かって言われたことあるから、少しは執着されてるんだろうけどな。だからどうってこともない」

執着。それもなんだか面白くない。自分の恋人に付く悪い虫みたいで。

「……ライバルって、その人作家じゃないんだよね？」

「同い歳《どし》の物書きってとこぐらいだな、共通項は」

「共通項？」

「専門が違うだろ。あいつは評論家だし、本業はどっかの大学の准教授だ。脳科学だか大脳生理学だかやってて、そっち方面の一般向けの本がけっこう売れてるはずだ。エッセイなんかもあっちこっちで書いてるしな」

「じゃあなんであんたに嫌がらせするんだろう。嫉妬《しっと》とかでもないいんだよね」

「さあな、誉田じゃねえから俺にはわかんねーよ。怒らせて議論でもしたいんじゃないのか？正攻法で色々やられたけど無視してたからなあ」

「正攻法って？」

「誌面でふっかけられた喧嘩《けんか》に乗るとか」

その辺はよくわからない、と思いながら律は後ろ手に脩司の濡れた頭を抱いた。

「おまえは知らなくていいことだよ。俺の小説なんておまえには必要ないだろう？」

「それ言われると困るけど」

実際そうだった。大事なのは脩司が目の前にいて、こうしてキスをしてくれることだ。彼が気にしていないのなら、きっと自分が怒りを覚えたりすることも見当違いの独占欲か何かなのだろう。

「なんつーか、唇が恋愛してるみたいだな」

軽いくちづけの隙間《すきま》でふと脩司が呟《つぶや》いた。

「ん？」

「おまえといると俺の心が律って人間に惚れてるのとは別に、指がおまえの皮膚を欲しがってるみたいだとか、唇が勝手に恋してるみたいだとか、そういう感じがするんだよな」

しみじみと言われて彼の肩の上で首を傾げた。原稿ばかり書いているから日常会話ができなくなっているのだろうか。

「小説語で喋《しゃべ》られるとわかんないよ」

「……まともに聞くな、照れくさくなるだろ。適当に聞き流せばいいんだ」

泡で撫でるようにそっと彼の手のひらが腕から肩へと滑って、律の呼気がはかなく蕩《と》けた。


そういう毎日がこれから先もずっと続くと思っていた。

好きって気持ちだけでずっと一緒にいられる——律がある日言ったその言葉を、脩司は信じてもいいと言ってくれたのだから。

だから、何かが急に怖くなるのはきっと自分が悪いのだと思う。

取るに足りない自分自身が。


六月の中盤を過ぎて梅雨《つゆ》に入っていた。

雨の土曜日、律は洗濯機を回しながら昆布と鰹節《かつおぶし》で出汁《だし》を取っていた。土日はランチ営業がないから午後までゆっくりしていられる。

正午を過ぎても下りてこない脩司をそろそろ起こしに行こうか、そんなことを考えていた辺りで、チャイムが鳴った。

どうせ宅配だろうと玄関に走り出て、鍵《かぎ》を開け磨《す》りガラスの引き戸を開く。

「こんにちはぁ。こちら佐々原先生のお宅ですよね？」

雨を避けるようにドアの間近に立っていたのは若い男だった。こざっぱりとした短い髪で人懐こそうな笑顔。細身のスーツにネクタイを締め、色付きフレームの眼鏡《めがね》をかけている。肩から服装に似合わない大きめのバッグを提げていた。

「そうですけど。どちらさまですか？」

「マナカ書店の藤島《ふじしま》と申します、佐々原先生の担当の」

にこにこしながら男が言い、ええと、と言いながらポケットを探って名刺入れを取り出した。同時に片手に畳んでいた傘が落ち、律はそれを拾う。

「ああっ、すみませんすみません！」

「いいえ、大丈夫ですよ」

「わーほんとすみません、えっとワタクシこういう者です」

「……藤島一生《いっせい》さん」

ちょっと落ち着きのないテンポに面食らいつつ、以前会った担当編集者は女性だったはずだとちらりと考えたが、受け取った名刺はたしかに脩司がよく仕事をしている出版社のものだった。

「はい、藤島です。いつもお世話になっております。先生いらっしゃいますか？　アポは取ってるんですけど、今日のお昼って」

「……まだ寝てるかもしれないです。とりあえず上がってください」

「あ、どうも。すみません、ありがとうございます」

スリッパを出すと藤島は大げさに恐縮し、律のあとをついてきた。

「いい匂《にお》いがしますね。お昼ですか？」

「ええ、まあ」

ほとんど使われない居間に通し、律は台所でコーヒーを注いで戻った。和室にきちんと正座した青年は「おかまいなく」とまた恐縮する。見た感じ年上だと思われる来客に丁寧な口を利かれるのは、なんだか居心地が悪かった。

（人が来るなら言っといてくれればいいのに……っていうか約束があるのになんでまだ寝てるんだって）

「あのー、ちょっと起こして来るんで待っててもらえます？」

「いえ本当におかまいなく」

それはかまうところだろうと心の中で突っ込みながら律は軋む階段を上り、二階の寝室に入った。

「あれ？」

脩司はベッドにいなかった。朝起きたときは隣にいたのになと寝室を出て突き当たりの仕事部屋を覗いたら、もう青い煙が漂っていた。

「なんだ、起きてたの？」

声をかけても脩司の反応はなかった。起きるなり何か思い付いてパソコンに向かったようだと判断し、律は歩み寄って彼の肩に触れる。

「脩司さん、編集って人が来てる。チャイム聞こえなかった？」

「ん？　ああ、もうそんな時間か。……悪い、少し待ってもらってくれ」

すぐだ、と眼鏡をかけた脩司に言われて居間に戻った。

「すみません、起きてたけどなんか仕事はじめちゃってました。もうしばらくお待ちいただけますか」

「あ、いえいえ。いいんです、僕も早く来すぎたっていうか。一時間早い新幹線に乗っちゃって。遠いって聞いてたから張り切りすぎました」

だからその荷物か、と律は納得した。まだチェックインできる時刻ではないから、ホテルに寄らずにこちらに来たのだろう。道が混んでいなければ駅からはタクシーで十分もかからない。

「東京《とうきょう》からですよね」

「はい。八時ので」

「早起きですね。……あの、今日はどうしてわざわざこんなとこまで?」

脩司は人気のある作家らしいが、さすがにこれまで編集者が家まで来たことはなかった。北陸のこの自宅は、陸路にしろ空路にしろ距離ではなく時間的に東京から遠いのだ。

「や、僕に担当が替わってから先生に直接お目にかかる機会がなかったものですから、一度きちんとご挨拶《あいさつ》させていただきたいな、と。で、この土日を利用してという感じです」

「担当さんって、たしかこの間までは高木《たかぎ》さんって方でしたよね?」

「ええ。いま休職中なんです、お子さんが生まれるので」

「ああ、それで……大変ですね」

などと適当に相手をしていたら、しばらくして脩司が下りてきた。

「律」

閉じた襖《ふすま》の向こうで呼ばれ、ちょっと失礼しますと廊下に出たら脩司はあくびをしながら首を揉《も》んで、

「目ぇ覚めねえからもうちょっと相手しててくれ、あっちでコーヒー飲んでなんか食ってくる。甘いもんあったよな?」

と眠そうな顔で言う。

「棚にチョコレートがあるから。ついでに顔洗ってヒゲ剃《そ》って着替えてください」

脩司は頷《うなず》いて、片手で反対側の腕を引っぱる形の伸びをしながら台所に向かった。

「すみません、寝起き悪いんですよね、あの人」

申し訳ない気分で居間に戻った律に、藤島はなぜか「うーん」と唸《うな》った。

「やっぱりあなたが律さんなんですよねえ」

「はい？」

「あの例の、テレビで呼びかけられてた人ですよね、先生のマネージャーの松永律さんってい
う」

その件はかなり恥ずかしいのであまり言われたくないことだと思いながら、

「それが何か？」と平静を装って問い返す。

「なんか聞いてたより若い人だったから、もしかしたら違うのかなー、と」

「マネージャー、ではないですけど、まあ、松永律は俺です。歳なら二十五です」

「あ、なんだ。二個下かあ。てっきりハタチぐらいかと思いました」

「藤島さんも若く見えますけど」

「うん。でも前任の高木からはマネージャーさんだって聞いてますよ、僕」

お世辞を無視した藤島は何が気になるのか、しつこく首を捻《ひね》っている。

「それはなんか脩司さんが――佐々原さんが適当に言っただけです。俺は別にここに住んでる

だけで」

「ええと、どういうご関係で？」

「え？」

「佐々原先生の肉親って亡くなったお母さんしか公表されてませんけど、もしかして松永さん、先生のご親戚《しんせき》だったとか？」

「いえ、友達の知人っていうか。あの人の親友が俺の親友と兄弟で……ここに住むことになったのは、去年ちょっと俺がアパートを出なきゃいけなくなって、たまたまここに部屋が余ってたからで」

藤島はしばらく律の目を覗き込んで、それからへらっと笑った。あまり真剣な顔が長続きしないタイプらしい。

「あーなんだ、やっぱりそれが本当なんですねえ。高木から聞いた通りですよ」

「はあ」

「えっと。これは単なる好奇心なんで先生には内緒にしといてほしいんですけど。実はマネージャーっていうのはマスコミ対策じゃないかって話があったんですよ。噂《うわさ》では、女性の影を隠すためにわざと人前に男を連れてきたんじゃないかって」

「あ、それはないです」

藤島の眼目がいささか妙な方向にずれていると知って、内心でほっと息をつく。律が一体脩司のなんなのかということよりも、彼の傍《そば》に女性がいるかどうかが気になるポイントだったらしい。

「そんな面倒くさいことはしないと思いますよ、あの人の性格」

「じゃあ他に何があるかなあ、松永さん、なんか思い当たることないですか？」

「何がですか？」

「え？　先生が変わった理由ですけど」

「作品が……ってことですよね？」

たしか少し前に、克己の恋人の嶌田千衛子《しまだちえこ》がそんなことを言っていた。思い出して律はおずおずと訊《き》いてみる。

これでまたただのゴシップ好きのお喋りだったら付き合いきれないと思ったが、さすがにそれはなかった。

「ええ、去年の後半からですけど、ちょこちょこ路線が違うものを書かれてて。何かこう心境の変化があったのかと」

「小説は読んでないから、俺にはちょっと。……あの、それと俺の方が年下なんでできれば普通に話してもらえますか？　さん付けとかけっこう困るんで」

慣れていなくてと頼むと、藤島はなんだかわからなさそうにそれでも素直に頷いてくれた。

「じゃあ『松永くん』とかの方が？」

「はい、それがいいです」

「松永くんは先生の作品をまったく読んでないってことですか」

「ないですね。仕事の方は全然わかんないです、住ませてもらってるから家のことはやったりしますけど」

「体調管理してるっていうのは高木さんから聞いたけど」

「普通にメシ作ってるだけです。あの人、放っておくと一日ぐらい平気でなんにも食べないし」

「あ、うんうん、高木さんもそれ心配してたから、松永くんが来てほっとしたって言ってた。そんなこと言って実はこっそり再婚してましたっていうんじゃないのかなーって……まあ、それはいいか。なんだ、本当に食事が充実したとかなんだね」

「すみません、面白い話じゃなくて」

「いや。でも重要なんだと思うよ。小説って作家の体調によりけりなときもあるし。うん、先生の作品ってすごい追い込まれて書いてるようなところがあったから」

それはよく知っている。去年の彼はコーヒーと煙草だけで部屋に籠《こ》もり、ときどきはアルコールの力を借りてキーを打ち続け、集中力が途切れたら死んだみたいに眠っていたのだ。仕事をしている間は死んだ母親や妻が傍にいるようだとも言っていたし、窒息する感覚が手に伝わる感触を確かめるように自分の首をベルトで締めていたこともある。

見たときすごく怖かった。きっと恐ろしい場面を書いているのだろうと思った。

「――最近の作品って、そんなに違うんですか？」

でもこのところはそんな無茶な生活をしていない。自分はそこそこ脩司のペースメーカーになれているのだと思う。

「違うねえ。漠然とした言い方をしたら『希望』があるんですよ、これが」

「希望……」

意外な気がした。脩司は少し夢見がちなところがあると思っていた。彼には永遠とかそんなものを信じているところがある。希望なんてあって当たり前のものがない話を書いているとは思わなかった。

（そういえば殺意がどうとかって、なんか変なキャッチフレーズがあるって匡史さんが言ってたっけ）

「賛否両論あるんだけどね、これまで築いてきた佐々原作品の世界観とのズレは。でも僕は飛躍の手前じゃないかと思ってるんです。佐々原先生の文章はやっぱり独特だし。つい引き込まれるっていうか、特異な設定でも感情移入させる力業みたいな……そこが一番の魅力だってことは変わらないし」

藤島はコーヒーカップかその横にある自分の指を見つめながら言った。

「僕が『殺意の作家』の次のステージを用意するっていうのは怖いけど、できるだけのことはしたいな、と思うわけですよ。若輩ながらね。なので先生のことを色々知りたいという気持ちがありますが、まあ、ぶっちゃけ下世話な興味もありました。ごめんなさい」

すぐにそれがベースらしい笑顔に戻って、彼はカップに口を付ける。

「そうだ、松永くんの携帯の番号とか聞いてもいいですか？　保険に」

「保険？」

「先生がいきなり入院したときなんかの」

そういえばそういう前科もある人だったと納得して律は番号を教えた。

手持ち無沙汰《ぶさた》になった頃、脩司が居間に入ってきた。

「待たせて悪かったね」

「先生おはようございます、お久しぶりです」

藤島は小学生のように言って頭を下げた。

「いつも電話で喋ってるのに久しぶりもないだろ。ああ、でも顔合わせるのは一年ぶりぐらいだっけ」

座るなり煙草に火をつけて、脩司は普段より明るい声で言った。

いつも締め切り前で不機嫌だったり、だらしなかったりいやらしかったりする彼しか見ていないから、外向けの愛想のよさはなんだか毎度変な感じがする。

「そうですよ。去年はすれ違いで。二月のパーティでご挨拶しようと思ってたのにいらっしゃらなかったし」

「忙しかったんだよ、申し訳ない」

（忙しい？　普通だったと思うけど……あ）

思い返して律は軽く俯《うつむ》いた。冬の終わりはまだ、暇さえあればべたべたと絡まれていた時期だった。それが嫌でも鬱陶しくもなくて、雪の音を聞きながら二人きりで閉じ籠もるような生活を満喫していた。

（あれ、サボりだったのか）

今年に入ってから東京に行く回数が減ったのは映画関係の企画が終わったためだと思っていたが、この調子では他の小さな用事も取りやめていたに違いない。

まったく、とこっそり溜息をつきながら部屋を出て、藤島と脩司に新しくコーヒーを注いで居間に戻った。

「で、打ち合わせの前にご報告というかお伺いなんですが」

セルフレームの眼鏡を押し上げて藤島があらたまった様子で口を開いた。

「実は、あのー、評論家の誉田先生との対談をお願いしたいんですがいかがでしょう？」

誉田――その名前を聞いた瞬間に「あ」と声を出しそうになった。

ひと月前の、あの感じの悪い電話の相手だ。心臓の隅がちりっとして思わず脩司を見やると、彼は深々と吐き出した煙を払うように顔の前で手を振った。

「悪い、それはパス。どうせ向こうさんからのご指名ってやつだろ？　あの人面倒なんで適当に断っておいてくださいよ」

「いや……それがその、僕、高木のように権限がないもので。というか編集長にたてつく度胸もなくてですね」

「もしかしてもうなんか通ってる？」

「新刊発売に合わせて雑誌の方でって、編集長が。七月に誉田先生のエッセイ集出させていただくんですよ、うち。再来月は佐々原先生のでしょう。タイミングがねえ」

「あのヒゲ親父、有名人とかに弱いよなあ」

うんざりと脩司が呟く。

「そうなんですよ。誉田先生はいま何出しても売れますし、女性人気がすごいですしね」

「あの顔だからな」

「僕は先生の方がいい男だと思います」

「別に文壇アイドル様に顔なんかで勝ちたかねえよ。グラビア評論家だったか？　なんか痛々しいあだ名付けられてたよな、昔」

脩司が苦く笑って顎《あご》を撫でる。

「職場では王子って呼ばれてるみたいですよ、教え子の女子学生に」

「うわ……それはちょっと同情する」

案外と本気の声だった。

「まあこの業界、若くてハンサムっていうのはそれだけで話題性があるっちゃありますよね。先生の十九歳もそうでしたけど、あちらも早くから文芸批評を手がけてて……当初から佐々原先生を意識してたんですよね」

「無駄につきまとわれてるよ。ああいう甘ったるい顔した毒舌家ってのは死ぬほど相性悪いから、できれば顔付き合わせて喋りたくねえんだけどなぁ」

それは相性が悪いのではなく脩司が彼自身の親友である一柳匡史に弱いだけではと思ったが、心の中だけの独り言にしておいた。

「そうだ、先生ヒゲ生やしましょう。渋さで勝ちましょう」

「なんだその話の逸《そ》らし方。やっぱ対談ナシってわけにいかないの？」

「そうなんですよー。すみません、いつだったら空いてます？　できれば今月中、来月半ばでギリギリって感じで」

「またえらく急だな」

「謝りついでに来たんです……あ、すみません忘れてました！　これお土産《みやげ》です、編集長から預かってきました」

脇《わき》に置いていたバッグの中から藤島が重そうに何かの箱を取り出す。ごと、と置かれたのはブランデーだった。なるほど、一泊程度の荷物にしては嵩張《かさば》っていたわけだ。

「気が利いてるな。つーか俺に飲ませていいのか?」

「あ、まずかったですか? 高木はなんか洒落《しゃれ》たお菓子がいいって言ってたんですけど、僕そういうの詳しくなくて」

「いや、重かっただろうなと思っただけだ。酒も甘いもんも好きだよ。……律」

「はい?」

「これもらった」

無造作に言って脩司が化粧箱に入ったボトルを律の方に押しやる。

「うん、見てたけど」

「俺がすぐ飲まないところにしまっといてくれ。あと、そろそろ支度した方がいいんじゃないか?」

「……そうだね」

席を外すタイミングをなくしてその場にいた律は、壁の時計を見て頷く。

「松永くん、いまからお仕事なんですか?」

引き止めてすまないという顔をされて、大丈夫ですよと微笑を返す。

「よかったら藤島さんの分も夕飯作って行きますけど、どうします?」

立ち上がりながら二人に尋ねた。

「いや。あとで店の方に行く。いいか?」

「了解です。じゃあ、お待ちしてます」

洋酒の箱を抱えて居間を出る。襖を閉めると二人の声が遠くなった。

（……誉田って人）

ひどいことを言う男が、脩司と仕事をしたがっている——自分が口を挟《はさ》むことではないが、それは嫌な感じだった。

（でもあの人みたいに、面白くなくなったって言う人が他にもいるんだろうな）

藤島が言った賛否両論の中身は想像できないが、きっとそういうことなのだろう。

「なんか……やだな」

台所の食器棚にブランデーを片付けた律は、食卓の椅子《いす》に腰掛け、ふ、と息を吐き出した。

（気にするなって言われたけど、脩司さんが批判されるって、なんか考えただけですごい気が滅入る……）

しかも藤島の口振りからして、脩司の作品が変わったのは、その批判されるポイントを作ったのはどうやら自分らしい。

思った途端にはっとした。

（そうだよ。ちーちゃんが言ってたじゃないか）

——最近佐々原脩司の小説が変わったのって、たぶん律くんのせいでしょ。

考えてみれば二、三ヶ月前、克己の彼女から思いっきりそのまま言われていた。

(なんで忘れてたんだろう、俺)

あのとき千衛子はそれを悪い意味ではないと言った。匡史もそんなことを言っていたはずだ。

でも、変化を嫌がる読者もいる。

というか、駄作と言い切る人間を知ってしまった。この耳で聞いた言葉はどんなまだるっこしい台詞《せりふ》よりもインパクトが強かった。誉田という顔も知らない男の明るい一刀両断っぷり。

(だってそもそも「悪くない」と「いい」って別だし)

そう考えると胃が締めつけられるような感じがして、よせばいいのに電話の声が脳裏にくっきり甦《よみがえ》った。

『もしかしてあなた、人が死なない話は書けないのかもしれないね』

(そういえば俺、前に脩司さんにそういうの嫌って、嘘でも人が死ぬ話は嫌だって言ったかも)

つまらないと評されるものを書かせたきっかけが自分だったとしたら。

あれぐらいの言葉で左右される人ではないと思うが、でも万が一ということもある。万が一、自分のせいだったら。

(どうしてあのときに気が付かなかったんだろう。関係ないって言われてなんで鵜呑《うの》みにしたんだろう?)

でも知らなかったのだ。

体験や五感のすべてが小説の糧になるのだとは聞いていたけれど、自分が彼の作品を変えてしまうなんて大それたことは想像してもいなかった。ネタにされるかどうかはずっと気にしていたけれど、まさかそんなディープな意味での影響があるなんて。

ましてやそれが一種の悪影響かもしれない、なんて。

（小説は作家の体調によりけりってことは、俺が脩司さんの傍にいていままでと違う生活をさせてることが、あの人の仕事の邪魔になってる部分もあるってことだよね？）

ここにいるというそれだけで作品に干渉する存在になるのだとしたら、責任は重大だ。彼はベストセラー作家と呼ばれる人種なのだから。

考えて、律は溜息をつく。

（ちょっとそれは……きついな）

着替えて時間通りに家を出たが、仕事場に向かう足はいささか重かった。

昼下がりの空は薄曇りで、梅雨の間延びした雨が辺りを灰色に染めていた。

人と関わり付き合うことで、相手に影響を与えたり与えられたりすることがあるとか、そういう責任が生まれるのだということは、これでも一応わかっているつもりだった。

だからできるだけ誰かの重荷にならないようにしてきた。

（だって他の人より特別いいところなんてないもん、俺）

恋人としてだけならそれでも及第点だと思う。あり得ないほど熱心に彼との恋をしてきたとは思うが、実のところ作品のことまではまったく気が回っていなかった。

それは小説家の『一番身近な人間』として手抜かりがあった、ということではないだろうか。

「律、皿が出てない！」

オーナーシェフの土屋明里《つちやあかり》の鋭い小声が飛んできてはっとした。

レストラン『プレジール』の厨房だった。

「何をぼんやりしてるんだ」

眼鏡越しの冷たい一瞥《いちべつ》に、慌ててミルフィーユ仕立てのサラダから型を取りのける。

（やば……ぼーっとしてた）

考え事ぐらいで手が止まるなんて、と頭を振ったら、横から子供っぽいハスキーボイスでからかわれた。

「カレシが男連れて来てるからだろ」

「口を動かす暇があるなら手を動かせ、コウ。シンク、鍋が先だ、ソテーパンがない」

「はーい」

巻き添えで歯切れ良く叱《しか》られたコックのコウは、ちらりと八重歯を見せて洗い場を手早く片付けていく。

自分よりも小柄で年下の彼が平気で笑うように律も怒鳴られることには慣れている。この店はフロアと厨房が近く、土屋は大声を嫌う男なので、料理人としてはまだ紳士的だ。他のシェフだったらとっくに尻《しり》を蹴《け》り上げられている。

「考え事をするなら裏に行け、コウにやらせる」

流れるように料理を仕上げながら土屋がしなやかな背を向けて言った。集中できないなら帰れという意味だ。

「すみません」

律は背筋をぴしりと伸ばして少し高い位置にあるオーダー票を見上げた。

勢いで罵《ののし》るコックは多いが、仕事中の土屋が、それも無駄口を叩《たた》く暇などない時間帯に言うことはすべて本気だ。心から邪魔だと思っているときの冷淡さはくっきりと声に滲んでいる。律はこの二ヶ月間でそれを骨身に染みて知っていた。自分から律を必要だと言った男は、同じ口できっぱりといない方がマシだとも言う。

実力主義の仕事だ。センス以上に正確さも速度も忍耐も必要で、律に求められている能力はほとんどそれだけだとも言える。気を引き締めていなければ振り落とされることもある。それは至極当然のことなので、傷付くことも悔しいと思うこともない。

(自分のことならいいんだ、怒られても何言われても。でも脩司さんの仕事まで俺が……)

駄目にしているのだったら。

律はちらりと店内に目をやり、すぐに手元に視線を戻した。テーブル席で壁を背にした脩司は藤島の話に頷きながら機嫌のよさそうな顔をしていた。

あてどない、そして仕事に無関係の自己嫌悪は、小さく折り畳んで胸の奥深くに片付けた。


仕事が終わって家に帰ると脩司が風呂から上がったところだった。

パジャマの下だけを穿《は》いて裸の肩にバスタオルを掛け、彼は濡れた前髪を後ろに撫でつけて台所に立っていた。

「おかえり。雨大丈夫だったか?」

「店出るときは小降りになってた」

脩司がトマトジュースの入ったグラスを食卓に置き、律の手首を掴む。

「なんかあったのか?」

引き寄せられてそのまま挨拶とセットになっているキスをされると思ったのに、律の細い顎をつまんだ脩司は鼻先が触れ合う距離で目を覗き込んできた。

「……なんで?」

「元気ないだろ。あからさまに」

「そんなことないよ。ちょっと忙しかったから疲れただけ」

間近に迫る瞳は、意思を持って見つめられると心が吸い込まれそうになるほど強い。

「まあ、今日はえらく混んでたもんな」

「土曜はだいたいあんな感じだよ。脩司さん、いつも夕飯時を外して来るからね」

「そうか……」

言いたいことを喉元で止めたような変な沈黙があってから、脩司がようやく唇を重ねてきた。挨拶のキスは軽く触れてすぐ離れる。

「何？」

普段ならそれで終わりなのに、彼の長い指は律の小さな顔に添えられたままだった。

「いや。いつもの土曜はそんな顔してねえけどなあ、と思っただけだ」

言われてやっと失言に気付き、律は慌てて元より丸い目を瞬かせた。

「本当になんでもないって。ちょっと怒られたりしたけど」

「土屋にか」

脩司はオーナーシェフにあまりいい印象を持っていない。料理人としての腕は認めているが、律と昔寝たことがある男というだけで軽い敵意に似たものを抱いているのだ。脩司しか見えていない現在の律にとってこれほど意味のない対抗心もないのだが。

「俺がミスったんだよ」

慌てて付け足したら脩司はふうんと首を傾げ、頬《ほお》を包んでいた手を持ち上げて律の猫っ毛をくしゃりと掻き混ぜた。

「ならしょうがない。けど、嫌になったらいつでも辞めていいんだからな」

続きの言葉はわかっていた。俺の隣にいればそれでいいと言うのだ。

律が『プレジール』に正式に入ったばかりの頃、疲れて先に眠ってしまって相手をしなかった日なんかに、拗《す》ねた彼はよくそんなことを言った。

「悪いけどクビになるまで辞めないことにしてるから」

律はトマトジュースを飲み干す男に苦笑して言った。

「それはそれでいいけどな」

脩司は肩を竦めてグラスをシンクに置く。

「……まだ仕事?」

「ああ、少し。おまえはいまからメシだろ?」

「うん、簡単に」

「了解」

言って脩司が台所を出ていく。

律は冷蔵庫を開けて材料を取り出した。今日は脩司が食べに来たから彼の分は夜食だけでいい。冷蔵庫に入れておいてあとでつまめるもの。ちょうど香草とオイルでマリネにした鮭《さけ》が食べ頃になっている。

（……こんなことが本当に『影響』になるのかな）

食事や掃除なんて当たり前すぎて、律にとっては面倒を見るうちにすら入らない。だけど意識していないそれが彼を変えることになるのなら。

——なんだか気が重い。

タチの悪い自己嫌悪だという自覚もあるのに、一度芽生えた不安感はどうにもならなかった。

「そんだけか？」

食卓に茶碗《ちゃわん》を置いたところで脩司がまた顔を覗かせた。パジャマではなくTシャツを着ている。

「ちょっと手抜きした」

昼に引いた出汁で作った雑炊だった。脩司はいつもの癖で凝《こ》った首を回しながら「そうか」と呟き、それから何気ない感じで言った。

「たまには甘やかしてやろうか」

「え？」

隠しておけと言ったくせに食器棚の上の引き戸を開けて、造作もなくブランデーの化粧箱を取り出している。

「『疲れてる』んだろ？」

口の端で小さく笑われた。

「優しくしてやんねえと悪いような顔してるんだよ、おまえ」

「そうかな……ごめん」

「いつもこっちが慰められてるからたまにはいい」

修司は冷蔵庫に入れる前だった皿のラップを捲《めく》って、律が用意したばかりのサーモンの薄く柔らかな切片を指でつまんだ。二つ三つとケイパーを拾って食べている。行儀が悪いのに彼の食べ方は妙においしそうに見える。

「それ食って風呂入ったら呼べよ」

生《き》のままのブランデーを半分注いだグラスを持って修司が出ていく。

律は食事をし、シャワーを浴び、パジャマを着て二階に上がった。


花を腐らせるという雨が今日も飽くことなく降り込めている。

編集者がやってきた日から二日後の、月曜の朝だった。

（あー、もー、だから手加減……）

キッチンに下りた律は腰の怠《だる》さに眉をひそめる。昨夜は雨が強くて客足は鈍く、店が早仕舞だったので、日付が変わる前からベッドに引き込まれてしまったのだ。

おかげで早めに寝付いた律は早起きだったが修司は随分深く眠っていて、今朝は彼の腕から簡単に抜け出せた。

「そっか、あのあと一人で飲んでたんだ」

ここで一人で。

シンクに置かれたグラスと食卓に忘れられた文芸誌が、それを教えている。

自分が先に落ちてしまったのはしょうがないかもしれないけど。できれば酒や薬を使わずに寝かせてやりたいと少し切なくなる。

「……字ばっかり」

気怠《けだる》さに頬杖《ほおづえ》をついてコーヒーを飲みながら何気なく目の前の雑誌を開いて、律は当然のことを呟いた。そのまま片手でぱらぱらとページを捲っていたら、見覚えのある字面にびくりと指が止まる。

誉田勇也。

(こんなにびびらなくてもいいのに)

その名前だけで竦んだ自分を小さく笑ってみたが、やはりいい気はしない。

見ない方がいいかも、とは思った。

だがそれより早く視線が勝手に文字を追っていた。たぶん冒頭に脩司の名があったせいだ。

おそらく書評というやつなのだろう。

『佐々原文学の魅力はその鬼気迫る心理描写だが、今作では無難な路線に留まる――』

書き出しを見た瞬間に腹の底がイラッとして、慌ててページを閉じた。

「やっぱ悪口言ってるじゃん」

無難とか、そういうの。と口の中で繰り返してみて溜息をつく。

(俺がむかついても意味ないって思うけど)

好きな人が貶《けな》されているというこの気分の悪さはどうしたらいいんだろう。

目に入れるのも嫌になって文芸誌を食卓の端に押しやり、律はテーブルに突っ伏した。パジャマの衿《えり》から白いうなじが覗く。

脩司の部屋に積んである雑誌の中には、他にもこういう文章があるのだろうか。

文字にしなくても心の中で思っている人はどれだけ大勢いるのだろう。顔が見えないたくさんの人たち。不機嫌な小説家の顔をした恋人の向こう側にいる、千や万やあるいはそれ以上の単位の読者という存在。

(嫌とかいうよりなんかもう怖いな)

以前、作品と本人は別物だと脩司は言っていたけれど、彼の生活と仕事は溶けるように絡み合っている。

それを知ってしまったから、脩司への批判を無関係だと受け流すことができないのかもしれない。気にしないでと励ますのは傍にいる人間の役目なのだろうが、彼自身が気にしていないならそんなことすらもできないのだ。

（あんたが悪く言われるから落ち込んでるなんて、もっといいもの書けって言ってるようなもんだし）

気にしない人間にならなくてはいけないのだろう、と思う。

「こんなことでいちいち引っかかってたら、小説家の傍にいる資格、ないよな」

自分に言い聞かせるように呟いたら、その言葉がやけにずっしりきた。

資格がない。

（……余計落ち込んでどうするんだって）

律はテーブルに懐いてしまった上半身を引き剝がし、コーヒーの残りを飲み干して立ち上がった。

視界にあるだけで不愉快な雑誌をとりあえず脩司の部屋に持っていき、改めて壁際から本棚の前までの床を占領している本の山に顔をしかめる。もはや上に一冊載せるのもためらう高さになっていた。

「……捨てたい」

思わず言って、それぐらいはお願いしてもいいんじゃないかと思った。自分の気持ちとは関係なく、掃除機もろくにかけられない部屋なんてまずいだろうと。

ついでに寝室に寄って、まだ起きる気配がないかとそっと覗き込むと、横を向いて枕《まくら》を抱えた脩司の眉間《みけん》が険しくなっていた。少し、胸がきゅっとなる。

「ヤな夢でも見てるの？」

腕の中に何かがないと安心して眠れないようにも見えて、律は寝乱れた黒い髪を静かに撫でる。閉じたまぶたが一瞬震えて寝顔が少し和らいだ。

「ん……」

そうして、脩司が薄く目を開く。

「なんだおまえ……起きてたのか」

「うん」

ごろりと寝返りを打って枕をヘッドボードの方に押しやり、脩司がぽんぽんと自分の隣を叩いた。おいで、という仕草に誘われて律はスプリングを軽く軋ませ、腕枕に頭を乗せる。

「珍しいな。起きるって言わないのか」

「今日はもう起きてるから。コーヒー持ってきてあげようか？」

「いや、もうちょっと……」

「いいけど」

髪に鼻先を擦り付けるように抱え込まれて、律は囁いた。

「あんたが起きたら向こうの部屋、片付けさせてね。今日はあの雑誌の山」

「しなくていいって言っただろ」

「いい加減処分した方がいいって」

「別にあったって死にゃしねえよ」

「そのうち床抜けるよ？」

喋っているうちに眠気が晴れてきたらしい脩司が、しばし沈黙した。本人も薄々まずいとは思っていたのだろう。

「今度の古紙回収には絶対出すから、仕分けしてください」

「んじゃ全部捨てるか」

「……それはあんたが困るでしょ」

ときどきバックナンバー探しを手伝わされるので、残しておくべきものもあるはずだと指摘したら、「わかったよ」と諦めたような声が渋々と返ってきた。


小説家のパートナーとしての資格だとか、そんなことを考えはじめて二週間が過ぎた。溜まっていた雑誌を捨てたぐらいで悩み事まで捨てられるわけがない。

雨は降ったりやんだりでぐずぐず続いて、熱と脂《あぶら》の匂いの籠もる職場を出るといっそ洗われる気持ちになるほどだが、すぐにパンツの裾《すそ》が濡れてきて鬱陶しくなる。

「律。おい、りーつ」

「聞こえてますよ、なんですか」

休日前夜、帰宅して台所に立っていた律は食卓から呼ぶ相手を見ずに返事をした。

「なんだよ、今日はえらく不機嫌だな」

煙草を消して立ち上がった脩司が鍋の灰汁《あく》を掬《すく》っている律の細いうなじに触れてきた。指先が冷たかった。

「危ないからちょっかい出さないでください」

今朝見た彼の目の下はうっすらと青みがかっていたが、さっきただいまと挨拶をしたときも疲れたその色は消えていなかった。

「こないだっから本当に変だな、おまえ。そんなに店が忙しいのか？」

脩司は真後ろに立ったまま、肩越しに手元を覗き込むような距離で言った。

（忙しいのはあんたの方じゃないの？）

ろくに寝てもいないくせにこうしてわざわざ傍に来て優しく振る舞うのは、甘いのを通り越して無理をしているとしか思えない。

時間を作ってかまってくれるのが嫌だなんて本当にわがままなのだろうけれど。

「いいから座ってて。もうできるから」

仕事を片付けるなり体を休めるなりしてほしいので、とにかくさっさと夕飯を食べさせてしまいたい。だから律はわざとじゃれてくる手を避ける。

それが疲れて苛々《いらいら》しているようにでも見えたのか、煙草に掠れた声がことさら柔らかくなった。

「かったるいならメシなんか作らなくていいんだぞ」

（……それけっこう禁句なんだけど）

溜息はかろうじて噛み殺した。料理は唯一の拠《よ》り所みたいなものなのだ。

でも痛いのはそれだけじゃない。その優しい声の方がもっと堪える。律はトマトシチューの火を止め、我慢できずに振り向いた。

「ねえ、脩司さん。なんで笑うの？」

「は？」

間近な位置から見下ろしてくる脩司の目が少し大きめに開かれた。衿元から覗く鎖骨の窪《くぼ》みがひと月前より少し深くなっている。以前と同じ角度、同じ姿勢で比べなければわからない場所だ。明らかに窶《やつ》れている。

「そうやって猫撫で声出したり、毎日俺が何回訊いても調子悪くないとか言ったりするけど、本当は原稿進んでないんだろ。しかもだいぶやばめなんでしょ？　今朝だって俺が起きるギリギリの時間に布団に来たし」

近頃不機嫌な顔をしない脩司は、今日はとうとうそんな小細工に出た。自分が出掛けたあとに起き出して、またパソコンに向かったのかもしれない。

もしかしたら別の日にもそんなことをしていたのかと思ったら切なくて、今朝はいい加減悲しくなった。

「なんだよ、知ってたのか？」

「俺に心配されたくなくて先回りしてるみたいな感じがする」

「そりゃされたくねえよ。みっともねえ」

「どの口がそんなこと言うの。俺もうあんたの格好悪いとこなんかいっぱい見たよ？」

「うるせえなあ。おまえがなんか落ち込んでるみたいだったから、ちっとは聞き分けよくしてやろうと思っただけだろ」

「別に落ち込んでません」

ふて腐れたみたいな顔をして脩司は律の頬をぎゅっとつまみ、すぐに吐息してその腕を伸ばしてきた。

「……そんなに俺は頼りになんねえか」

体温を恋うように抱き締められるとどうしていいかわからなくなる。気分が落ちた理由なんて本人には言えないのに。

「そうじゃないよ」

律は嘘にならない言い訳を探しながら脩司の前髪を掻き上げた。黒い瞳に自分だけが映っていて、心臓がきりりと締めつけられた。

——俺だけのものじゃないのに。

（この人の頭の中には小説って世界があってファンがいて、だから『向こう側』にもちゃんと行ってくれないと駄目なのに）

なのに最近の脩司は、向こうに行かせようとすればするだけ優しくなるのだ。

「俺のことより自分の心配してよ。ちゃんと寝たり食ったりして、仕事して。ね？」

「俺が小説のことばっかり考えてんのは嫌なんだろ？」

「もうそんなこと言わないって。俺だって働いてるんだし」

本心を探るように見据《みす》えられて苦しくなってくる。この目。好きすぎて近くで見ていると何も考えられなくなる。

「……あのさ、俺、しばらく脩司さんと寝ないことにする」

ちょっと眩《くら》みながら彼の胸を押し、出てきた台詞は我ながら少し間が抜けていた。でも言ってしまってからそれもありじゃないかと思った。同じベッドにいなければ、安心させるための寝たふりなんて馬鹿なことはしないはずだ。

「は？　なんだそれ」

唖然《あぜん》と返されて急いで言葉を継いだ。

「俺のせいであんたの仕事のペースが崩れてるみたいでヤだから」

「関係ねえよ、おまえと仕事は」

「なくないでしょ。前は眠くなるからってメシも食わなかったくせに」

「どうしたんだ、いきなり。おまえがちゃんと食えって言うからだろう?」

訝《いぶか》しげに眉を寄せられた。

「そうだけど、でも食事の時間とか、そんなの全部合わせてもらってるし」

「俺は出勤時間なんか決まってねえんだから、おまえに合わせればいいんじゃねえの」

「それが少し無理してるんじゃないかって。……だから俺、自分の部屋で寝るね。とりあえずあんたがいまやってる仕事終わるまで」

「まだ当分先だぞ、そんなもん」

脩司は思い切り顔をしかめた。

「別にいいよ」

「てめ……別にってなんだ」

久々に不機嫌な顔はいままで見た中で一番険悪だったので、律はしわの寄った鼻を指先で撫でて宥めてみる。

「俺が飢えたらどうすんだ」

「付き合うよ、それは。口でも手でも」

「そんなんじゃ意味ねーんだよ」

あ、怒った。と思った。しかもかなり真剣に、と。

ごねられそうな気配はあったが、やりたい盛りの青少年じゃあるまいし、こんなことで一年も恋人をやってきた三十男が本気で腹を立てるとは思わなかった。困った気分で律は言う。

「でもあんた、俺の仕事が明日休みだから今日やるんでしょ？　そういうのがヤなの。俺が脩司さんの時間を縛ってる気がする」

「嫌とかいう問題じゃないだろ、ここしかおまえが空いてねえんだから」

脩司は苛々とした口調で吐き捨てる。

「……忙しいときに無理しなくてもいいよ、セックスぐらいいつだってできるんだし。それよりごはんにしようよ」

律は再び迫ってきた脩司の肩を押し返し、夕飯の支度を再開しようと背を向けた。

「無理して抱いてるなんて思ってんのかよ」

その肩が後ろから強く摑まれる。

「まだそんな馬鹿なこと考える隙間があるのかその頭は」

抱き寄せられてそのまま、まだ何も用意していない食卓に押し付けられた。

「……痛い、脩司さん」

怒った勢いで押し倒されたことは前にもあった。そのときも血が滲みそうなキスをされた。でも乱暴な行為には至らない。そういう趣味がない人だ。

「……っ！」

だけど髪を摑んで仰向かされて、激しいキスで声を塞《ふさ》がれた。腰に食い込む指が痛い。

(まさか、こんなところで)

焦って抗《あらが》ったけれど、のしかかってくる力と重みに負けた。後ろ手に体を支えた律は耐えきれずに上半身のほとんどをテーブルに預けてしまう。

でも、それだけだった。

「……?」

くちづけから解放され、肘《ひじ》で起き上がりかけた律の胸に脩司がぎゅっと額を押し当てる。背中にはしっかりと手が回されていた。

「脩司さん……?」

性的な触れ方ではなかった。彼は小さく息を吐き出して今度は同じ場所に耳を当てる。服越しに鼓動を確かめるような仕草だった。

「やるとかやらねえとかより」

しばらくそうしてから、脩司が静かに口を開いた。

「俺にはこっちの方が千倍大事だ」

体温や手応《てごた》えや心臓の音が、ということなのだろう。――知っていたはずだった。

「……ごめん」

律は胸が疼《うず》くような甘い痛みに眉を寄せながら手を伸ばした。背中に腕を回すと脩司が抱き起こして、そっと椅子に下ろしてくれた。

「ほんとごめん。口が滑った。どうでもいいとか思ってない。……あんたがしてくれたらいつでも気持ちいいし。したくないなんて思ったこと、ないし」

　隣の椅子を引いて腰掛けた脩司は背を丸め、腿《もも》に肘をついて俯いている。

「だったら一人で寝るなんて言うな」

「だから。俺はいいんだよ、抱いてもらっただけで幸せになれるから。でも俺だけがいいなんてそれこそ意味ないでしょう?」

「おまえだけがいいなんてことがあるかよ、馬鹿」

「体の話じゃないからうまく言えてないかもだけど。恋愛全部の話、ね」

　拗ねた様子の脩司がちょっと顔を上げて、軽く目を眇《すが》めた。

「一緒に暮らしてて、毎日好きだって思うけど。でもそれであんたが無理してたら俺がつらくなるんだよ」

「無理なんてしてねえよ」

　律は幾度もまばたきをして自分の心を探った。一番に言いたいことはすぐに見付かった。

「……なんかね、俺、少し超えちゃったのかもしれない。好きっていうより多く愛してるんだと思う」

　形のない言葉というあやふやなものを掬い上げ、そっと舌に載せる。

「恋人のあんたより、丸ごとの、佐々原脩司って人をちゃんと受け止めて支えたいって思うんだよ。脩司さんの仕事とか込みで」

「――……」

やはり無謀なことを考えているのだろうか。小説の話にまで自分が出しゃばるなんて。戻ってこない返事に悲しくなったら、溜息が聞こえた。

「おまえな……律」

低い声に顔を上げると脩司はきつい目をしてこちらを睨《にら》みつけていた。

「俺がごちゃごちゃ引っかき回されるの嫌いだってわかってんだろ？　愛してるなんてお互い様なんだから、素直に俺と寝ろ」

照れているのか怒っているのかわからない顔でそう命じて、深いキスを仕掛けられた。


言い間違いなんか俺もした。おまえだけ先に謝るな。ちゃんとそのときに怒れよ。

いつも通りの寝室で脩司《しゅうじ》はそんなことを言った。

「おまえが作るメシが一番いいけど、疲れてるなら休めよって、たまには一緒にどっかに食いに行けばいいしそれぐらいで機嫌悪くなったりしねえからなって言いたかったんだよ。そのまんまにするから流れちまうんだ」

「……だったらなんでいまこんなことしてんの」

濡《ぬ》れ髪のまま脩司の腹に跨《また》がって、律《りっ》は眉《まゆ》を寄せた。長いくちづけで唇が熱っぽく、内側で動く濡れた指のせいで腿《もも》が小刻みに震えている。

「だからあれはあとで食うって」

くちゅ、と脚の間でローションが音をたてて律は上半身を支えていた肘《ひじ》を折った。胸をいじっていた脩司の手のひらがうなじに添えられて、引き寄せられるまま唇を近付ける。

「せっかくあんたの好きなもん作ったのに……メシよりこれの方がいいんだ」

唇を擦《こす》りつけて詰《なじ》ると、目元に苦い笑いを滲《にじ》ませて「まったく」と呟《つぶや》かれた。

「難しいこと言うなよ。おまえ腕と体、どっちに自信があるんだ?」

「腕。こんなの……は、おまけ」

小さく覗《のぞ》かせた舌で男の唇をちらりと舐《な》める。そこには浴室で準備をしてきた律を待っている間にできたかすかな傷があった。

「俺がちゃんと勉強しようと思ってしたのは、料理、だけ。……子供のときから父さんみたいなコックになるのが夢だったから」

甘い痺《しび》れに声が途切れがちになる。脩司は焦《じ》れったい動きを続けながら「そうだったな」と相槌《あいづち》を打ち、あっさりと答えを出した。

「じゃあこれより、おまえが作るメシの方がいい」

「ん、そしたら下行く?」

「いや、この状態でお預けにされたら普通にへこむけどな……」

一瞬すごく困った顔をされて、飽きもせずにまた恋に落ちたような気分になる。律は彼に体重を預け、猫のようにもう一度舌を出した。恋人はときどき唇にこんな傷を作っている。煙草《たばこ》を銜《くわ》えたままぼおっとしていてフィルターが張り付き、ちょこっとだけ薄皮が剝《は》がれてしまうのだ。ビタミン不足じゃないかと言うと、舐めて治してくれと返される。

「もし俺がマジでしたくないって言ったらどうするの？　今日は嫌だって、本気で」

「落ち込むだろそりゃ」

さっきあんなに苛立《いらだ》っていた脩司が素肌に触れた途端に安心してしまったみたいで、その簡単さにほんのりと胸が痛くなる。

涙なんかずっと忘れていたのに、嬉《うれ》しいと泣きたい感じがするのはどうしてだろう？

「あんたって、なんか、飛びついてくるときしか乱暴じゃないよね」

「飛びつくっておまえ、必死で縋《すが》りついてんだよ。逃げられちゃかなわない」

「……もう逃げないってば」

「他にどうすりゃいいんだかわかんねえしな。怖いもんはずっと怖い」

『セックスだけは優しくする主義』だと最初の日から言ってのけた男は、本当のところ色々と弱いぐらい優しい。ベッドの中はより一層というところだ。

「っ、……ん」

上下を入れ替えてシーツに押し倒され、たっぷりと濡らされた狭い場所をゆっくりと押し開かれて小さく鳴く。

「律」

吐息に呼ばれて目を開け、自分を組み敷く恋人の顔を見上げた。

「俺にはおまえしかないって、あんまり忘れるんじゃねえぞ」

「ん。覚えとく……」

愛されるのは、だいたい怖い。一瞬思ってすぐ溶けた。のめり込んでくる脩司に飲まれて思考はすぐに切れ切れの背景になる。

「脩司、さん……、それ、駄目、嫌だ」

啜《すす》り泣くような自分の声も遠かった。甘い靄《もや》に包まれて、生々しいのは体だけだ。内側のいいところに当たっている脩司の張り詰めた熱と、それから爪を引っかけるようにして刺激される乳首の痛み。悦楽は触れている場所から次々溢《あふ》れてくる。

「嫌？　嘘だろ？」

「んっ！」

口の端で笑った彼に小さな突起を引っ搔《か》かれて、びくっと仰《の》け反《ぞ》った。濡れた悲鳴は唇で拭《ぬぐ》われ、ひくついて濃い雫《しずく》を垂らす前をやんわりと包まれる。

「ごめんなさい、ごめん、嘘、イイ……から、はなして、手、いっちゃうから離して」

「いけよ」

「やだ、まだ」

「いいから」

苦しいぐらいよくて、それでやっと麻痺《まひ》しているということだけはわかっていた。

いまは幸福だけど、これが終わったら絶対ろくでもないことを考える。頭の裏側辺りにぽんやりあるものがリアルに心に戻ってくる。

「っ、あ、あ……あぁ……」

なにしろセックスには終わりがあるし、愛だって永遠には続かない。

現実は物語ではないのだから。


火曜の昼休みに携帯電話を見たら、珍しい相手からの着信記録があった。

藤島一生《ふじしまいっせい》、脩司の担当編集者だ。

そういえば携帯の番号を交換したんだっけ、と思いながらその場でリダイヤルする。

「もしもし、松永《まつなが》ですけど」

厨房《ちゆうぼう》とドア一枚隔てた通路のようなスペースにはロッカー代わりのキャビネットがあり、木製の丸椅子《まるいす》が一脚置いてある。律はその横の壁に軽くもたれかかった。

『あ、松永くんいま大丈夫？　仕事中？』

「昼休みです。あの、何か……？」

『いやー、すみません、ええっと、佐々原《ささはら》先生はお元気ですか？』

「元気っていうか、まあ、普通ですけど。どうかしましたか？」

『ええ、その、実は最近うまく連絡が取れないんですよね、先生と。ファックスは届いてるみたいだしメールも返信あるんだけど、今日は全然応答がなくて。もしかしたらどっか調子悪いのかと』

　そんなことはないですと答えたが、心当たりならあった。

　一昨日の夜、律の心音を聞こうとした脩司のあの寝不足の顔。昨日も今日もちゃんとベッドにいたけれどまだ足りなかった眠りを補っている最中かもしれない。

「急ぎの用事なんですか？」

『対談の日が近いから、いつこっちに来てもらうか相談したいなあと。朝から二度ほど留守電入れてるんだけど、先生、電話は何時頃聞くでしょうね』

「昼頃だと思いますが」

『ですか。じゃあもうちょっと待ってみようかな』

「すみません、お願いします」

『いや、こっちこそお邪魔して』

律はすぐに脩司の携帯にかけてみた。電源が入っていないようだ。

「携帯まで切って寝てるの？」

おまえが落ち込んでるみたいだったから――そんな気を回して、こちらに締め切り前の苛立ちを見せないようにするなんて、そんな無駄なことをしているからしわ寄せがくるのだ。

だから俺の心配なんてしなくていいのにと溜息《ためいき》をつきかけて、ふと不安になった。

（電話も取らないって、でもそんなこと）

いままで一度もなかったはずだ。

二日前は言いくるめられてしまったが、もしかすると自分が考えているよりずっと原稿が進まなくて切羽詰まった状況なのかもしれない。

（だって、そういえばちょっと痩《や》せてたし。いくら頭が疲れるからって、あんなのおかしい……）

日中の彼を見なくなったから、本当はどんな状態で仕事をしているのか律は知らない。いまだって実際に眠っているかどうかはわからないのだ。

「手のかかる恋人だな」

携帯を見つめて壁にもたれかかっていたら、厨房のドアから土屋《つちや》が不意に現れた。コックコートはもう脱いでいる。

「き……聞いてたんですか？」

「いや？　おまえが電話を見て険しい顔をしているから、例の三文作家のことだろうと思っただけだ。正解だったみたいだな」

薄手のジャケットに袖を通しながら土屋が唇の端で笑った。

「やめてくださいよ、そういうカマかけるの」

「仕事さえきちんとこなしてくれれば文句はないが、雇用者としては素面《しらふ》かどうか、多少気にしてもいいだろう」

別に仕事中に酔っているわけじゃないです——と言うのも無駄な気がしてやめた。

「……出掛けるんですか」

「牛乳屋に行ってくる。コウが遅刻したらまかないを食わせるなよ」

一度家に帰って様子を見ようと思ったが、店に一人残された律にはそれも無理だった。


帰宅した律に脩司は気付かなかった。

「脩司さん、ただいま」

「……ああ。帰ってたのか」

眼鏡《めがね》をかけて眉間《みけん》にしわを刻んで紫煙の籠《こ》もった仕事部屋にいた彼は、律が肩に触れるまでまた声も聞こえていない様子だった。

(取り繕《つくろ》う余裕もない、ってことかな)

普段通りの不機嫌な顔に幾分安堵《あんど》しながら、律はそれを上回る切なさに溜息をついた。どう見たって疲れ切った顔をしている。——やっぱりベッドで遊んでいる暇なんてなかったんじゃないか。

「くそ……肩凝った」

フレームを押し上げた指でまぶたを押さえ、脩司が上半身だけ伸びをする。首の辺りの骨が軽い音で鳴っていた。

「携帯オフにしてたよね、昼」

律は薄く眉を曇らせて言う。

「そりゃ充電切れてんだな。どこやったかな」

「藤島さんが連絡取れないって言ってたよ、俺の方に連絡が来た」

「メール読んですぐ電話した。悪かったな、藤島にもおまえにも気を揉《も》ませて」

溜息をついて脩司が煙草に火をつけた。

「ここんとこ誉田《ほんだ》がうるせえから留守電聞いてなかったんだよ」

「うるさいって……」

その嫌な名前にはまだ慣れなくて、ついつい不愉快な気分になってしまう。

「無視してたツケが回ったたっつーか、な。対談が決まったおかげで絡み方が本格的になったたんだよ。こないだ来た質問状っての放っといたら毎日毎日返事はまだかっつって」

「それ普通に営業妨害じゃないの？」

「ああ、なあ？　研究室にいる間暇なのかねあいつ」

「留守電も聞きたくないぐらいかけてくるって、そんな迷惑な話ないと思うけど。仕事の用件だってあるのに……脩司さん、仕事中に電話が鳴るのも嫌いなのに」

思わず声を尖らせると、深く煙を吐き出して脩司が苦笑した。

「なんでおまえが怒ってんだよ」

「だって」

名前や言葉ひとつで動じない、小説家の隣に相応《ふさわ》しい人間になりたいけれど、そう簡単には変われない。

悔しいのか腹立たしいのか情けないのかわからなくなって律は唇を噛《か》んだ。

「……律、おまえ」

突然、脩司がまだ長い煙草を消した。

「最近——ここ一ヶ月近くか。まさかずうっと誉田のせいで機嫌悪かったのか？」

驚いたような顔をされて、律は気まずく目を逸《そ》らす。

「わかってるよ、俺が口出しできることじゃないって」

脩司本人に言うようなことではないと自分でも思っていたのだ。だけど、気付かれてしまったなら仕方ない。

「でも好きな人が悪く言われて平気なわけないじゃん」

「そうかそうか」

脩司が眼鏡を外しながらもう片方の手を伸ばしてくる。腕を引かれて頭を抱え込まれ、律は背を折る形でデスクに手を付いた。

「俺の悪口聞いてへこんでたのか。なんだよ、ガキみてえ。おまえは本当に可愛《かわい》いな」

「だってあんたの仕事のことなんだよ。笑い事じゃないでしょう？」

「ったく、あんな悪ふざけ気にすんなって、無視すればいいんだよ」

「できればしてる」

できないから落ち込んだのだ。なのに脩司はあっさりと笑って、その上柔らかく目を細めた。

「あのな、律」

「わ……」

ぐいと腰を抱かれて膝《ひざ》に乗せられ、律は目を丸くする。

「一度表に出した作品の評価なんて勝手にすりゃいいんだ。貶《けな》すのは誉田だけじゃねえし、そいつらと同じだけ誉める奴もいる。考えてたらキリがない」

「でも」

（そのたくさんの人が、怖いんだって……）

目を伏せると脩司が胸元に額を押し当ててきた。律は垂らしていた手を持ち上げて彼の首の終わりの骨に触れた。

「……笑えよ」

目を見ないまま、脩司は囁《ささや》いた。

「え？」

「おまえのそんな顔見てると痛い。その顔ひとつにどんだけ意味あるかわかってんのか？　批評家が百人束になって佐々原はクズだっつってもこんな気持ちにはなんねえぞ」

耳打ちのようにひっそりとしたトーンで言われてなおさら怖くなった。そんなに強力な影響を持っている自分。その重責。

「本気で惚《ほ》れてんだよ。一回好きになったらもう終わりだ、そいつがいないと夜も日も明けない気分になる。俺にとっておまえはそういうものなんだよ」

「脩司さん……」

不安と嬉《うれ》しいのとがごっちゃになって少しまぶたが熱くなった。

大好きな脩司の声は頭の中を掻き混ぜて色んなことをわからなくさせる。

「おまえが落ち込んでると面白くねえよ、律。俺のせいだったら余計に苛つく。俺はおまえの仕事にむかついたりしないだろう？　だからおまえが怒る必要もないんだ。そうだろ？」

目の端に薄く滲んだ涙を唇で拭われた。

この人のためにどうしたら変われるだろう。他人の言葉に平気でいられるようになるには、どれぐらいの強さが必要なのだろう。

「だったら俺のこと甘やかさないで。俺にかまってる暇があったら」

まばたきで残った水気をごまかして、律は膝から下りた。

「仕事しろってんだろ。わかってるよ」

「具合悪いのに平気とか言うのもやめて。痩せたでしょ、脩司さん。顔色もよくないし」

「ただのストレスだろ。いまやってる原稿がいつまでも終わんねえから」

「それなら……」

「別の部屋で寝るとか言うなよ。疲れてるときはなおさらおまえが必要だってわかってるよな？　顔見てねえと落ち着かないって」

「……うん」

「けどそうもいかねえか」

脩司は軽く眉を寄せて、はあ、と息を吐く。

「来週ちょっと東京《とうきょう》行ってくるから。一週間ぐらい」

唐突な言葉に律はけっこう面食らった。

「来週？　そんな予定あった？」

「いや今日決めた」

誉田との対談の前に終わらせなくてはいけない仕事がやはり押していて、校正だとかなんだとか律にはよくわからない工程がややこしくなったらしい。

「宅配使ってっと往復二日はロスするから、もう向こうでやることにした」

「……そうなんだ。一週間」

去年の夏以来、そんなに長く離れていたことはなかった。

（俺の仕事がなかったら連れていってもらえたけど。でも）

それこそ文句を言えることではなかった。


脩司が東京に発って二日。

律は店で年下の仕事仲間と夕飯を済ませ、日付が変わってから帰宅した。家には孤独と蒸し暑さだけが待っていた。

シャワーを浴びたかったし洗濯物も畳みたかったが、暗い家に入ったら何をするのも億劫《おっくう》になって、着替えもせずに台所でグラスに酒を注いだ。コウたちのおかげでかなり寂しさは紛れたはずなのに、普段は気付かない疲労があった。寝酒を欲しいと思うことなど滅多にない。

（電話ぐらいあったかも）

濃いめの水割りのグラスを持ったまま脩司の部屋に入った。携帯には着信がなかったが家の方にかけてきたかもしれない。親機は仕事部屋にある。

主人のいない部屋は明かりをつけてもひっそりと息を潜めているようだった。

留守電のランプは点滅していなかった。

「連絡なし、か」

吐息して、脩司が毎日長い時間を過ごす椅子に掛けてみる。大きめのノートパソコンは開いたまま置き去りにされていた。埃《ほこり》が気になって画面を閉じると、カーテンを閉じた窓だけがそこにあった。

「写真も置いてないんだよな……」

グラスに唇を当ててふと独りごちる。

そういえば彼は家族の位牌《いはい》も写真も見えるところには置いていない。酔いに任せて家捜しをしてみようかと、一瞬だけ思った。

彼の思いの深さに傷付くのが怖くてできるだけ触れないようにしていた女性たち――脩司の妻だった葉子《ようこ》という人と、二十年前に縊死《いし》した彼の母親。

写真一枚ぐらいは絶対に残っているはずだ。

探そうと思えば探せた。開けるなと言われているこの部屋の押し入れなんかはあからさまに怪しい。

（けど。いない間に引っ張り出すなんてフェアじゃない）

律は早逝した両親の位牌も家族のアルバムも、叔母の家に預けたままだった。なくすのが怖くて持ち出すことができなかった。そういうものを取り出していいとは思えない。

背もたれを軋《きし》ませた律の目の端に、プリンタに残った紙の束が映った。印刷した状態で忘れられたようだ。

書きかけの小説。

空調をかけない部屋はじっとりと暑く、薄く滲み出した汗で背中にシャツが張り付く。

からんとグラスの中で氷が音をたてた。

「もう避けられないのかも、な」

呟いたら、まったくその通りだという気がした。

今夜食事をしているとき、コウと仲のいいウェイターの青年から脩司の小説のことを訊《き》かれた。知らない、と言ったら、藤島のときと同じように不思議そうな顔をされた。

小説家と生活を共にしている恋人がその作品を一度も読まずにいるというのは、きっとものすごく不自然なことなのだろう。

（読書する趣味がないからとか、そんなことでごまかすのもそろそろ限界だよね）

小説をろくに読んだことがないのは事実だが、脩司の小説を読むことができないのは、本当はそこに死者の影を見てしまいそうだからだ。

（でも人が死なない話も書いてるって……）

グラスを置き、少しぐらいならと思い切ってプリントアウトを手にしてみた。枚数はそれほど多くない。

ぱらぱらと読み飛ばしていって、食卓の景色が出てきたところで手を止めた。知っているものが、そこにあった。

「……あ、これ」

文字の中に、律がいつか作ったメニューが写しとられていた。材料やレシピが書かれているわけではない。そうではない、佇《たたず》まいのようなもの、光の加減や雰囲気に既視感があった。

読んでみたら、ああ、と思った。

「そっか。書くってこういうことなんだ」

その場面に描かれた人間は誰一人自分たちには似ていなかった。でもこういう空気は脩司と二人で味わったことがある。

彼が変わったというのはきっとここだ、自分がいなければ書かれなかったのは、この数行だ。

とてもはっきりとわかった。ここが、自分が影響を与えた部分なのだ。

（お父さんの夢、見たときみたいだ）

いつかの幸福がくっきりと甦《よみがえ》ってくる感覚にたまらなくなって、律は手のひらで顔を覆った。懐かしくて、それから苦しい。どれだけ恋しくても過ぎた時間は戻らない。それを知っているから、会いたい思いはどうしようもなく寂しい。

いまここで、一人だということを思い知らされるから、胸が、心臓が痛い。

(声が聞きたい、けど……仕事中だったら)

今日は電話が鳴らない。誰もいないのに暑くて空気が吸いにくい。流れずに滲み出して肌を覆う汗がさらに息苦しい。

(昨日電話してきたのだって、ホテルの名前とか部屋番号とか、ただの連絡事項だし。こっちからかけて中断させたら悪いし。きっと声を聞いたら、なんか我慢できなくなるだろうし)

じっと電話を見つめていたら、思いが通じたみたいに鳴りだした。

律はびくりとし、それからゆっくりと歩み寄って受話器を摑《つか》む。

『まだ起きてたか?』

前置きもなく脩司の声が聞こえ、アルコールと室温と湿度に火照《ほて》った肌がさざめいた。

「さっき帰ったところ」

『……飲んでるのか、おまえ』

「少しね。一人で。帰ってもすることないからさっさと寝ようと思って」

『そうか』

ほっとしたような響きに会いたいと言いそうになって律は息を詰める。さすがにそれは言っても無駄だ。

『俺もおまえがいないとつまんねえよ、メシもまずいし。とっとと寝たい』

「寝る暇あるの？」

『ちょっとない。あってもいつものやつだよ、うまく寝らんねえ』

拗《す》ねた口調にちりっと心が震える。

（食事とか睡眠とか、それしか俺がまともに役に立つことないのに……これじゃ本当に駄目だよな。一人でぐちゃぐちゃ暗くなってるだけなんて）

それでは自分がいる意味がなさすぎる。

『律？』

黙り込んだ律に、どうした、と脩司が訊いてくる。

「ごめん……ちょっと酔っぱらったかも」

『もう寝るか？』

「うん」

『おやすみ』

おやすみなさい、頑張ってね、と言って受話器を置いた。優しいトーンが耳に残って、案の定泣きたくなっていた。だから我慢ができなくなると思ったのに、と嘆息する。

「……あー、もう。行っちゃおうかな、東京」

自分から彼に会いに。

何気なく呟いた一言に律は「あれ？」と首を傾《かし》げる。

「行くって。遠いのに何言ってんだ俺」

苦笑してみたけれど、笑えるほどとんでもない話ではない気がした。

（いや、遠いけど。片道四時間かかるけど、でもたった四時間だよな？）

いつも脩司は迎えに来た、自分は待っているばかりだった。

毎日普通に仕事に行ってただいまと帰ってくるけれどそれは自分が戻っているだけだ。帰る、それ以外の行動を取っていない。思えばいつもそうだった。

——会いに行く。

迷惑になるかもしれない。仕事の邪魔に。

行ったところで原稿の手伝いができるわけでもなんでもないのだ。

（けど、会いたいけど離れてるからしょうがないって、もしかしてどうしようもないことじゃないんじゃないの？　行けば寝かせてあげるぐらいはできるんじゃないの……？）

自分が小説家の傍《そば》にいる意味があるのかどうかはわからないけれど、少なくとも小説を書く脩司の傍にいる意味はある。

「行ってみちゃう……か？」

それはちょっと、酔っぱらいにしてもマシな思い付きのような感じがした。

数日待てば会える人の顔が見たいってだけで。――それだけの時間も我慢できないなんて本当に無様だとは思うけれど。

「何を笑ってるんだ、律。フロアを磨くのがそんなに楽しいか？　それともいやらしいことでも思い出したのか？」

営業が終わった『プレジール』の店内で、帰り支度を終えた土屋がふと足を止めた。

「違いますよ」

モップを手にした律は、厨房で鍋《なべ》を磨いているコウを気にして眉をひそめた。

「ちょっと楽しいこと考えてただけです」

「そうか。今日はどこで食事をするんだ？」

「家に帰ります」

「なんならうちに寄ったらどうだ。ソーテルヌといいフォアグラがある」

「魅力的ですけど遠慮しときます。明日、朝早いから。あ、ちょっと家を空けるんで、なんかあったらメールにしてください。携帯通じないときもあると思うし」

「映画にでも？」

「ちょっと東京まで行ってきます」

「なるほど、私の誘いを断ってあの男のところにね。……まるでバッカスの巫女《みこ》だな」

「え?」

聞いたことのない単語に首を傾げる。

「恋愛は酒のようなものだから、信心する者が狂っているのは当然か」

「なんの比喩《ひゆ》ですか? みこ?」

「酒に酔って、行く手にあるものは人でも獣でも素手で引き裂いて歩く古代の女の儀式だよ。知らないのか?」

「知りませんよ、そんな怖い話」

常識だとでも言いたげに気味の悪い話をされて、律は顔をしかめた。

「恋というのは要するにそういうものだろう。酔っている間は誰も手出しできない。憑《つ》き物が落ちてようやく日常に戻るんだ、血まみれのまますごすごとな」

「血まみれって……土屋さんは本気で人を好きになったらそういう状態になるんですか?」

怖々と訊いたら冷たい目で見られた。

「なると思うか?」

ふん、と鼻で笑われ、からかわれただけだと気付いた律は溜息をつく。仕事の面以外でまともに会話しようとするとだいたい疲れるのだ、この男は。

「ろくでもないがどうにもならない。酔えば少しはマシに見える人生というのもあるんだろうな。私の知ったことじゃないが」

土屋が眼鏡の奥で目を細めた。唇の端にかすかな笑みを刻んで彼は言う。

「火曜のランチに遅れたらひどい目に遭わせてやろう」

「だいぶ丸くなったと思ってましたけど、そういうとこは相変わらずですよね」

「おまえにきつく当たった覚えはないよ」

「……そうですか」

けっこうひどいことされましたけど、と内心で呟くだけにとどめ、律は苦笑でやりすごした。実を言うと職場での彼の姿に記憶を塗り替えられてしまって、昔のことはもうよく思い出せないのだ。


翌日、律は六時台の特急に乗り、新幹線に乗り換えて東京に向かった。かなり早起きをしなくてはいけなかったけれど、遠足に行く子供のように高揚しているせいで眠くも何ともなかった。

ホテルには昼前に着いた。脩司は眠っているかもしれない時間だ。

(本当に来ちゃったんだな、俺)

フロントを素通りしてエレベーターに乗り、教えられた番号の部屋の前に立つと、深呼吸してからチャイムを押した。彼がまだ寝ていたとしても、ここまで来たら電話で起こそうがドアを叩《たた》こうが同じだと思った。

しばらくして、起こさないでくださいという意味の札が下がったドアノブががちゃりと音をたてた。

「……なんだ、おまえ」

スコープで確認することもなかったらしく、開きかけた隙間《すきま》で一瞬訝《いぶか》しげな顔をした脩司は、それからバン、と大きくドアを開いてみるみる目を瞠《みは》った。

「おはよう、脩司さん」

髪が少し乱れているが着ているものはシャツとくたびれたジーンズで、寝支度する余裕もなく気を失うようにベッドに倒れ込んだのだと想像できた。

脩司は声をなくしたまま律の腕を強く掴み、室内に引き入れる。ドアが勝手に閉まるのと同じタイミングでぎゅっと抱き締められた。

嗅《か》ぎ慣れた煙草の匂《にお》いに安心する。

「何やってんだ、律」

低い声が掠《かす》れていた。

「ったく。……夢みたいなことするなよ」

「大げさだな」

疲労の濃い嗄《か》れた声音に笑って、抱き返した手で広い背中をぽんぽんと叩く。

自分でも日帰りで会いに行くなんて空しくてかなり無謀な行為だという気がしていたけれど、来てみたらまったくそうじゃなかった。たしかに遠いけれど、でも案外なんてことはない。

「起こしてごめん。一応、添い寝しに来てみたんだけど」

思い立って、自分の足で距離を超えてここに来た。それは想像以上に簡単で、それなのに妙な達成感があった。

「いや、もう起きる」

律の髪に鼻先を埋めて脩司が言う。

「そう？」

「ああ……いつ寝たか覚えてねえ、助かった。目ぇ覚ましてくる」

脩司がバスルームに消え、残された律は部屋を見渡した。電話やライトが乗った書き物机の上に、脩司が外に持っていく薄手のノートパソコンがある。その横の灰皿はいっぱいになっている。ダブルベッドのシーツは捲《めく》られていない。脇《わき》にある白いクロスを敷いたワゴンにはほとんど手を付けられていない料理があった。

目を離すとすぐにこれだ。と思い、律はルームサービスに電話してコーヒーとワゴンの引き取りを頼む。

「律、そこの電話でコーヒー」

「もう頼んだよ」

シャワーを浴びバスローブを羽織った脩司に、さっきホテルに入る前に寄ったコンビニの袋を差し出す。

「水と煙草とジュースとプリンといちじくのヨーグルト」

「……本当に気が利く、おまえ」

「胃薬とチョコレートはうちから持ってきた。ちゃんとメシ食ってよね」

「わかってんだけどな」

脩司がベッドの端に腰掛けて手招きした。

歩み寄り、隣に腰を下ろす。

「四日ぶりか?」

「だね」

「じゃあ四日分」

細い顎《あご》を持ち上げられて目を閉じる。キスは静かに長く続いた。心は震えなかった。息をするように当たり前のことをしているみたいで、ただ——互いの顔が見えない間は息ができなかったのだという気がした。

「……部屋に原稿あったよ、書きかけの」

この少しふわふわした、夢みたいなものが当たり前の現実なのだと確かめながら律は言った。

「ああ、忘れてきたんだあれ」

「持ってきた」

「すごいな。どんだけ便利だおまえ」

「少し読んだ。なんか変な感じだった、あの中に俺がいる感じがして」

淡く浮き立った早口に脩司がふと黙り込む。

「……嫌だったか？」

目を上げると脩司はじっとこちらを見つめていた。真剣なまなざしだった。

「書きたかったんだよ。嫌なら書かない」

「ううん、いい」

安心させたくて咄嗟《とっさ》に首を振る。

この人がいくら年上でも傲岸不遜《ごうがんふそん》な態度を取っていても——自分が男に生まれた以上、好きな相手を守ってやりたいと願うのはきっと自然なことなのだろう。できることなんてほんのわずかでも。眠らせてやるぐらいのことしかなくても、それだけでも。

「嫌じゃないよ、ああいうの。俺があんたの作る世界の端っこにいるのは嫌じゃない」

「……本当か？」

頷いた。小説の善《よ》し悪《あ》しはわからないけれど、あれは少なくとも嫌という種類のものではなかった。それは誓って本当だ。

「嘘じゃない」

繰り返すと、ほっと息をついて脩司がくしゃりと髪を撫《な》でてきた。それが心地良かった。

(これだけでもいいみたいだ、俺。なんかいまの俺は嫌いじゃない)

「おまえ、寝てないんだろ」

「そんなことないよ」

三、四時間は寝たはずだった。寝苦しくて何度も目が覚めたけれど。

「目が充血してる。どうせこれ終わるまで相手できねえから、ちょっと横になってろ」

言われて素直に脩司が昨夜まともに使わなかったベッドに入った。糊《のり》が利きすぎたホテルのシーツは固かったが、大きな枕《まくら》に頭を乗せると沈み込むように重くなった。

コーヒーが届き、銀色のワゴンが下げられ、脩司はクリーニング済みの袋から取り出した服に着替えて仕事をはじめていた。家にいるときと同じ、裾《すそ》が少し擦り切れたジーンズと手触りのいいシャツ。

紙を捲る音がしている。横になってその背を眺めながら、律は充足していた。

仕事中の彼の傍らに長い時間いたことはないけれど、空気が——悪くない。自分がここにいて邪魔にならないことも、ここにいて正しいのだということもわかる。

そのまま、本当に眠ってしまったらしい。

「……だからなんで」

脩司の声で目が醒《さ》めた。電話中のようだ。

「マジで今日は困るって……ああ、終わったよ。終わったけど、メシは静かに食いたいの。ちょ、こら、替わんなくていい、藤島！」

急に大きな声になった脩司の背中を眺めながら、起き上がった律はベッドにぺたりと座り込む。

（……もう三時？）

時計を見て少し驚いた。

脩司の睡眠薬になるつもりだったが、顔を見て安心したのは自分の方だったようだ。

「はい。――あーハイハイ、久しぶりですね。つーかどうせすぐ顔合わせんだから、わざわざ出向いて来なくたって」

気配に気付いて携帯を耳に当てたまま振り向いた脩司の声は、面倒くさそうな響きになっていた。

（さっきのが藤島さんだったんだから……これは誉田って人かな）

彼が東京で会う予定の相手といえばそれしか思い付かない。

「わかりましたよ」と言って携帯を閉じた脩司は、深々と溜息をついた。

「どうしたの?」

「悪い。藤島がゲラ取りに来るんだけどな、一緒に誉田がついてきた」

ベッドの端に腰掛けた律の隣に、ぎしっとスプリングを軋ませて脩司が腰を下ろす。

「……対談って今日だったの?」

「いや。さっき藤島におまえが来てるって言ったから」

「え? で?」

「こっち寄ってもらうついでにメシ食いながら打ち合わせって予定だったんだよ。だから、さっきおまえが寝てる間に上がりそうな時間連絡して、律が来てるからメシはいいって」

ちょっと乱れた律の髪を撫でながら、脩司が顔を近付けてくる。

「おまえと食いたいだろ?」

「うん」

「そしたら運悪く誉田が編集部にいたらしい。おまえが見たいからって、二人でこっち向かってるとこだって、いまのはその電話だ」

「……俺なんて見てどうすんの、その人」

「どうすっかな。なあ、おまえ長袖《ながそで》持ってきたか?」

意味のわからない問いかけに律は「ん?」と首を捻《ひね》った。

「薄いのなら。新幹線の冷房ってどれぐらいかわかんなかったし」

「フード付きの上着とかはねえよな？」

「えーと。……なんで？　どこ連れてくつもり？」

「いや。少しでも露出を減らした方がいいから。おまえの可愛い腕だの顔だの頭だの、あんまり人に見せたくねーじゃねーか」

「……ちょっと待って。あんたいつからそんなに馬鹿になったの？」

前に東京に同行させられたときはそんなことは言わなかった。

壊れたかどこかのネジが外れたかと律は慌てて脩司の額に手を当てた。熱はない。だったらこれは疲労だ、たぶん。

「馬鹿ってことねえだろ。四日ぶりだからいつもよりしみじみ可愛いだけだ」

「ねえ、寝た方がいいんじゃない？　譫言《うわごと》みたいなこと言ってますよ」

「いいから長袖出せよ」

「休んでてよ、原稿ぐらい俺が渡すから。そんな状態であんな怖い人と喋《しゃべ》るのとか止《や》めた方がいいって、絶対。おかしいっていうか、頭が可哀相な人だと思われるよ」

「別にどう思われたってかまわねえよ、俺は」

ふっと笑った脩司が疲れて乾いた目を細める。唇にちゅっと音をたててキスをされた。

「ほら、上になんか着ろ」

本当に駄目なのではないかと思うが、立ち上がった脩司が煙草とキーを手にしたので従わざるを得なかった。

藤島と誉田はちょうどラウンジに入ったところだったらしい。ゆったりとした窓際の明るい席に行くと二人がそれぞれ手にしていた薄いメニューを閉じた。

「ああ、佐々原先生。このたびはお引き受けいただいてどうも」

電話と同じ爽《さわ》やかな声で言った誉田勇也《ゆうや》は、ノータイで明るい色のスーツを着ていた。ゆるくウエーブした髪と少し彫りの深い、品のある顔立ち。

脩司と同い歳《どし》だというが、もっと若くも見えるしもっと落ち着いているようにも思える。隣にいる藤島よりは背が高そうだった。

「俺が引き受けたんじゃないけどね。誉田先生」

奥に座った誉田の前になるように脩司が先に席に着く。

「でも嬉しいですよ、念願叶《かな》って。あ、何飲みます？」

（予想外だ。いい人っぽい……っていうか、いいとこのお坊ちゃんって感じ？）

笑いながら嫌味を言う男なんて、底意地の悪い顔をしているに決まっていると思っていたけれど、笑顔は明るくて優しかった。女性に人気があるというのも納得できる。

律は拍子抜けしつつ「どうも」と向かいの藤島に小声で挨拶《あいさつ》をして座った。

「そうそう今日ちょうど新刊ができたんです、はい、もらってください、献呈第一号」

誉田が脩司へと一冊の本を差し出した。

「お宅、もしかして俺に献本届けに来たの？」

「ええ。あとこれにサインくれます？」

テーブルの端に用意してあったもう一冊の書籍とペンを出されて、脩司がそれを受け取る。

律は「？」と小首を傾げた。

「……誉田さんへって、書いた方がいい？」

「もちろん」

その楽しそうな顔を見ていたら、急にさっくり気が付いてしまった。

(なんだ。この人も佐々原脩司のファンじゃないか)

あんなに嫌な奴だと思い、ほとんど憎いぐらいに思っていたのに。

「佐々原さん、なんで平仮名」

戻ってきた本を開いたまま誉田が呟く。

「名前と書いてるもんが違いすぎるから、あんた。たまには誉めてくれねえとな」

「僕のはそういう芸風でしょう」

「わざわざ電話で喧嘩《けんか》ふっかけてくるから、うちのこれがびびってしょうがねえ。少しは手加減してくれ」

無造作に指を差されて、おかしなことを言い出さないかとちょっとひやりとする。

「しつこくしないとかまってくれないじゃないですか。で、その子が例の律くん？」

「……はじめまして」

例の呼ばわりも二回目になると少し慣れるな、と思いながらぺこりと頭を下げた。

「ほんとに男の子なんだ」

それも聞き慣れてきたたと思ったら「本当だったでしょう」と藤島が横から真顔で言った。頷《うなず》いた誉田はなぜか「ねえ律くん」とこちらに話しかけてくる。

「キミがごはん作ってるって本当ですか？　この人普段どんなもん食べてるの？」

「え？　ええと」

自分を見たいと言うのも、要するに藤島と似たような理由なのだろう。佐々原脩司のファンだから、彼や彼の身の周りに興味がある、ただそれだけのことだ。

「答えなくていいぞ、律」

それにしたって食べものまで？　と迷っていたら脩司に止められてほっとした。

「いつ酒で死ぬか賭《か》けてたんだけどなぁ」

作家の間ではそれが冗談で通用するのか、誉田は呑気《のんき》な口調で物騒なことを言う。

「残念ながら最近は嗜《たしな》む程度だよ、こいつのメシがうまいから」

そこに飲みものが運ばれてきた。律と藤島がコーヒーで誉田はミルクティー、脩司はビール。タイミングのよさに彼はちょっと気まずそうな顔をした。

「これは一仕事終わったから飲むだけだ」

「……言い訳するぐらいならなんか食べてください。藤島さん、ここサンドイッチとかありますよね」

「どうせメシ食いに行くだろ？」

「駄目です。今日はコーヒー飲んだだけでしょ」

ただでさえ寝不足のせいで言うことが変なのに、空《す》きっ腹にアルコールなんてと睨《にら》んだら
「注文するならおまえも食えよ」と脩司がタンブラーを口に運ぶ。

「あー、ふうん、そっか。あなたが人を住ませてる意味がわかりましたよ」

目を上げたら珍しいものを見るみたいな誉田の視線にぶつかった。

「佐々原脩司が叱《しか》られて言うこと聞くなんてね。キミ、顔に似合わず度胸があるんだ」

「面白がってんじゃねえよ」

「いや、羨《うらや》ましいなと思って。いいなあ、こんな子が毎日世話してくれるなんて」

（え？　いいんだ……？）

さらりと吐かれた台詞《せりふ》に一瞬耳を疑う。

「こないだのもあれ、出てくる食事がおいしそうで。ずるいね、ああいうのは」

「駄作なんだろ？」

「批評的にはね。でもあれはいい場面だった。個人的には一番好きなシーンですよ」

いいんだ、ともう一度思ったら、じわっと耳が熱くなった。

ほんの数行のことだけれど、自分がこの人の傍にいる意味を、いまはっきりと他人が認めてくれているのだ。

（やばい、顔熱い……人前なのに）

でも駄目だ、どうしようもなく嬉しい。

笑いそうな泣きそうな表情を誉田にも藤島にも気付かれないようにカップに目を落とすと、前髪で目元を隠した律の膝に脩司の膝が軽く当たった。

「見た目綺麗《きれい》で料理上手で面倒見もいいなんて、ほんと、どこでそんな完璧な人材を見付けてくるんです？」

「羨ましいなら嫁でももらえよ。若くて可愛い女なんて職場に売るほどいるだろ」

何事もない顔のまま話を続ける脩司に、どうかしたのか、と横目に問われて、なんでもないと目で答える。

「僕の好みはなかなかね。破滅型の女がいいんです。あなたの小説のヒロインが理想だから」

「お宅のそういうところが気持ち悪いんだよ、俺の書く女が好きすぎて」

すぐに顔を上げた脩司が心底うんざりとした調子で煙草に火をつける。

「あなたとは趣味が合うんですよ。前のほら、映画化したやつだって」

「昔書いたもんなんか細かいとこまで覚えてねえって」

そのまま二人は律のわからない小説の話をはじめてしまい、それじゃあまた、と誉田たちが去ったのは二時間も経ってからだった。

「佐々原先生、お疲れのところすみませんが、連載の分も今日中にお願いします」

最後に編集者としての職務を忘れなかった藤島がにこやかにそう言ったので、脩司は部屋に戻って苛立たしげにパソコンに向かう羽目になっていた。


食事はルームサービスにした。それでまったくかまわなかった。今日の本来の目的はホテルの部屋に着いた時点で果たされている。

「じゃあ、帰るね」

夜十時にそう言ったら、パソコンの画面を睨んでいた脩司が驚いたように振り向いた。

「は？　もう？」

「明日仕事だから」

「なんだよ、それ先に言えよ。全然かまってやる暇なかったじゃねえか」

「だってそれ、急いでるんでしょう？」

立ち上がりかけた脩司がどさりとまた椅子に腰を落とす。頭を抱えて少し唸《うな》ってから背もたれに仰け反るようにしてこちらを見た。

「……マジで帰るのか？」

「ん。夜行バス取ってあるし」

歩いていって両手で彼の頭を抱いたら、腕の中でぼそっと小さな声がした。

「仕事なんか休めばいい」

無理だとわかっていてわがままを言う子供みたいで、それはなんだかきゅんときた。

「駄目だよ、仕事は仕事だし、ほんとに脩司さんの顔が見たかっただけだから。できれば寝るまでいてあげたいけど、明日の朝だとランチに間に合わないかもしれないし」

椅子の脇にしゃがみこんで下から覗き込む。脩司はひどくつまらなそうな顔をしていた。

「もう色々すっきりしたから」

目的以上のものも手に入れたから、と律は胸に呟く。誉田へのわだかまりがこんなにもあっさりと溶けて消えるなんて。

「足りなかった分の脩司さんもちゃんと補給できたしね」

「なんにもしてねえだろう？」

今日ここに来た意味はあった。自己満足どころの話ではない。これだけ報われたのだから明日どれだけ仕事がきつくてもお釣りがくるし、あと数日はたぶん平気で耐えられる。

「傍にいるだけでいいんだよ。それでいいってわかったの。だから、あんたが帰ってくるまで泣かなくてよさそう」

「泣いたのか？」

眉間を狭めて黒い深い目で、まるでどこかが痛むみたいに見つめてくる。

「愛してるから会えなかったら泣くよ？」

「……帰るなよ」

ほとんど呻《うめ》くような声だった。

「俺は俺がやらなくちゃいけないことしないと。脩司さんもそうでしょう？」

しょうがねえな、と渋々答えが返ってくるまで律は色の薄い瞳で彼を見上げ続けた。

それから三日分ぐらいのキスをして、見送ろうとする脩司を部屋に残し、ホテルを出た。

エレベーターに一緒に乗ったらどこで手を離せばいいのかわからなくなってしまいそうだったのだ。


脩司が帰ってきたのはそれからきっちり三日後だった。

「おかえり、脩司さん。ただいま」

「おう、おかえり。ほら上行くぞ」

仕事から帰った律が靴を蹴《け》り脱いで上がると、仕事部屋から下りてきた脩司がそう言った。

食事も何も抜きだった。

「シャワーぐらい浴びさせてって」

厨房の匂いが髪に染みついているし、一秒でも早くと走って帰ったから汗だくだったので、律は玄関先で目一杯抵抗した。

シャワーを使って二階に上がると、退屈そうに寝転がっていた脩司が跳ね起きて「ただいま帰りました」とふざけた様子でシーツに手をつき、何やってるの、と目を丸くしたところでさっさとベッドに引きずり込まれた。

部屋はエアコンが効きすぎてひどく冷えていた。空気はすぐに密度を増す。

互いの唇を存分に味わってから、キスは首筋に触れてきた。律はぴくりと震え、甘い息とともに細い顎を軽く仰け反らせる。肌を隔てる衣類はほとんど無意識に脱ぎ捨てられる。

「ふ……、あ」

クリームを敷き詰めたようなきめ細かい肌を唇と舌が滑り、すぐに尖った小さな粒を嚙んでくちづける。焦れったい感覚が、気持ちいいのか痛いのかわからなくなるまで脩司はそこだけを念入りにいじった。

「や……」

もどかしさにたまらなくなって、律は押し殺した呻きを漏《も》らす。

「も、痛い、脩司さん、それ」

「嫌か」

「……じゃない、けど」

もっと触ってほしい場所があると言いたくて手を摑んだら、にやりと悪い笑みを見せられた。

「嫌じゃないなら黙ってろ」

それはすごく悪者っぽくてかなりタチの悪い睦言《むつごと》だった。律は念入りに短く整えた爪を強く脩司の肌に食い込ませる。

「律」

唇と舌で体中を辿《たど》った末に名を呼ばれて、頭の芯《しん》が痺れた。

「キスをしてくれ」

優しい要求は暴力に近かった。絶対に逆らえない、完全に支配されている。でも、彼が自分に囚《とら》われて手の内にあって絶対に逃げられないのだという感じもする。キスひとつもねだるぐらい。

互いの体を共有している。時間と快楽を一緒に所有している。どちらのものでもなくてどちらのものでもある。

そんな感覚を言葉にできればいくらか気が済むのかもしれないと律は思う。

「したくなったか？」

「してって言うまでいじめる気だったの？」

「東京まで追いかけてきたくせになんにもさせねえで帰るからだ」

焦らされたと、思ったらしい。

馬鹿馬鹿しくなりつつも、もう息の上がった律は早々に負けを認めた。要するに自分たちは酔っぱらい同士の会話をしているのだ。

「したいよ、すごく」

望まれた台詞を素直に唇に乗せる。もったいぶる必要なんてどこにもない。

「あんたと寝たい、脩司さんがすごく欲しい。……何してもいいからいっぱいして?」

「それでいい」

吐息で囁いた言葉で脩司の肌が震えたのがわかった。声で感じて、熱が上がったみたいに。

そういうのはぞくぞくする。

「ンッ……」

深いキスと一緒に前を撫でられて背を反らした。まだ痺れている乳首を舐められ、たまらずに指を嚙むと「駄目だ」と言われた。

「声、聞かせろよ」

「あぁ……っ」

大きな手のひらに包まれ、強めに扱《しご》かれて律は細い喉《のど》を鳴らす。待たされていたそれはすぐに透明な雫《しずく》を垂らした。

「や……あ、そこ……そこばっか、やだ」

「出せばいい」

脩司は溢れ出す体液を擦りつけるように、指の腹で先端をなぞった。そのまま小さな窪《くぼ》みを引っ掻かれる。敏感な部分への刺激を続けられて薄い腹や腿が小刻みに震えはじめた。

「やだ……脩司さん、ゆっくり……」

もっと長く抱き締められてもっと一緒に気持ちよくなっていたい。だから、とお願いしたら鋭すぎる快感が遠退《とおの》いた。

「何してもいいんだろう?」

低い声音は熱を孕《はら》んで、けれど柔らかかった。怖いことはしない人だ。

「いい、けど、あんたもよくないと嫌……」

「よくないわけねえだろ」

胸の上で呟いて、脩司が肌に唇を当てた。くちづけられるだけで腰にくる。胸から腹へと下りたキスが張り詰めたそれを包み込むことを期待して、律は固く目を閉じる。それから脩司が動かないことを訝ってまぶたを持ち上げた。

「……?」

「触らなくても濡れてくるんだな」

いまこぼれた、と言われて全身が熱くなった。羞恥《しゅうち》心に焼かれながら、それでじんと背骨が痺れてしまう。

「……見ないでよ、そんな……」

「どこもかしこも可愛いと思ってるだけだ」

真っ赤になって律は手の甲を唇に押し当てる。言い返す言葉がすぐに出てこなかった。

「その顔、イイな。見てるだけでいきそう」

脚の間で溜息混じりに言われて目が開けられない。見られて、腿を掴んだ彼の指がわずかに動くのにも耐えきれないほど感じる。

「あっ……」

とろりと溢れた雫が伝う感触に震えると、熱い舌に舐め取られた。望んでいた愛撫《あいぶ》に細い腰が浮き上がる。

「ねだってんのか？」

小さく頷いて律は唇を舐めた。

「そう、気持ちいい、から……いっぱい舐めて、奥も、指とあんたので掻き混ぜて、それから中で出して……？」

期待に潤んだ目を薄く開いて囁く。うっとりとした表情に「ちくしょ」と脩司が唸った。

「俺のしたいようにさせるんじゃねえのかよ」

「それもして」

「そんなに欲張るな」

視線だけで濡れるほど感じやすくなった性器を深く咥《くわ》えられて、まともに返事ができなかった。溶けてしまうと本気で思う。

「っは、ぁ……、あ、あ、あ」

抑えるなと言われた声も、ねだるふりをしたいやらしい言葉と同じく惜しまない。脩司が欲しがるだけ聞かせて、見せつけて彼の思考や心を愛撫する。同時に濡れた水音が下肢から響いて律の細い背が弧を描いた。

この人と抱き合っていると、いつも蜜《みつ》の中にいる気がする。世界が丸く閉じて終わってしまう。気持ちいいことだけで頭も心も埋め尽くされる。

「もう入れて……？　ね、ちょうだい？」

束ねた指を含まされて射精しそうになり、啜り泣きで口走った。何度か波を堪えていたけれどもう無理だ。

「我慢できないのか？」

「できない、もう、早く」

耳を赤くして目尻《めじり》に涙を溜めた律は、欲しいと請いながら自分で片足を抱える。

「そこまでするかよ、おい」

「だってあんた、焦らしすぎ……っ」

「いい眺めだけどな。まあ、ご褒美《ほうび》をやろうか」

喉の奥でくっと笑って脩司が鼻先に小さくキスをした。可愛いと何度も言うからもっと言ってほしくなるのだ。誉めてほしいなんて他の誰にも思わないのに、脩司の掠れた声でならいくらでも聞きたい。

「あ……っ……熱い……」

とろけたそこにぐぐっと太い部分が入り込んでくる。限界まで開かれて、律は色の付いた唇で震えながら息を吐き出した。

「ナマがいいんだろ?」

頷く代わりに広い肩にしがみついた。恥ずかしいのも中を濡らされるのも嫌だったはずなのに、脩司とするようになってから好きになってしまった。そんなやり方に慣らされたわけじゃない。ただ心の隅まで見せたいだけだ。

自分でも知らないところまでさらけ出して、優しい指や色々なもので触ってほしいと思う。

「は……」

根元まで深く収めて脩司が吐息した。その音に律はびくりと震え、「アッ」と短い声をあげる。呆気《あっけ》なく濡れた下腹を手のひらで辿《たど》った脩司が苦く笑い、そっと耳朶《じだ》を噛んでくる。

「……まだ入れただけだ」

「ん、……声、で」

「俺の声が好きか?」

「好き、すごく。声も……目とか指とか、全部、気持ちいい」

「そうか」

唇も舌もこのキスも。律は疼く腰をそっと揺すった。ここがこんなにいいと覚えさせたこれも好きだ、と肌で教える。くちづけたまま脩司がゆっくりと動きはじめた。親しんだ濃く熱い種類の悦楽がすぐに湧《わ》き起こる。

「はっ……あ……っ」

指や口で知っている彼の形が中でどうなっているかわかるぐらい、内側も鋭敏になっていた。大きく抜き差しをされるたびに張り出した固い部分で脆《もろ》い一点を抉《えぐ》られて、出したばかりの前がまた熱を持つ。

「触……ない、で、……また出ちゃう、から」

「こっちだけでいく、か?」

擦れ合う肌の間で卑猥《ひわい》な水音がして、切ない脩司の息遣いと混ざり合う。それだけでも涙が出るほどよかった。

「あぁ、あ……イイ、それ……好き……脩司さん、……もっと」

そのまま自分だけが何度も達してしまいそうで、律はありふれた単純な言葉を甘く呻く声に混ぜて与えた。気持ちいい、もっと、好き。そういうものだけで充分だった。脩司はちゃんとわかって受け止めてくれる。

「っとに可愛い顔しやがって」

感じきって濡れた声に心まで優しく犯されて強く縋りついた。肩も背中も自分一人の重みぐらいでは揺らがない。

「そんな締めんな……ただでさえ狭いんだ」

「無、理……当たって、……んんっ」

彼が感じていると思うとどんなふうにされるより気持ちいい。

そうして何度でも安心する。これからもたぶん何度も怯《おび》えて何度もこの手で安心して、何度でも離さないでと願うだろう。

「……律」

もういきそうだ、とわざと耳に吹き込まれて必死で目を開けた。目尻に溜まった涙が落ちた。

切なそうな脩司の瞳がそこにあって、全身ががくがくと震える。

それでも、飛びそうな意識の中でその大好きな顔を懸命に見ていた。

一柳克己《いちやなぎかつみ》と嶌田千衛子《しまだちえこ》が二人の家を訪ねてきたのは、よく晴れた暑い夜だった。

「どうしたの？　こんな時間に」

いつも通り真夜中の夕飯の後片付けをしていた律は、玄関の引き戸を開けて二人の姿を認め、上がっていけばと言った。

「いいの。もう帰るとこだから」

小さい猫のような千衛子が、律を見上げて微笑する。いくらか張り詰めた雰囲気のある彼女の、玄関の明かりに照らされた化粧気のない顔が今日はどこかはしゃいでいた。

「花火してきたの、綺麗《きれい》だったよ、今度律くんも誘うね、デートじゃないときに」

「休みだったから海見に行ってたんだよ。そのついで」

横から克己が言い添える。

「ついで？」

車の窓が開いていたのか、少し乱れた千衛子の長い髪を克己が何気ない様子で撫でていた。彼らはなぜか恋人同士というよりも親密な兄妹のように見える。

「ちーがどうしてもって言うから」

「これ渡しに来たのよ、お祝い。行きに買ったから冷えてないんだけど」

綺麗にラッピングされた長くて重いものはワインかシャンパンだろう。

「お祝い？　なんの？」

受け取って首を傾げたら千衛子が大きな目を瞠り、克己がかすかに眉を寄せた。

「おまえなあ、ものを知らないのも限度があるぞ。新聞ぐらい見ろ」

「佐々原脩司がノミネートされてるのに……なんで律くんが知らないの？」

不審そうな顔の千衛子が、脩司の作品が有名な文学賞の候補作として挙げられているのだと教えてくれた。

「そういうのって新聞に載ってるんだ」

「受賞したらテレビの全国ニュースになるような話だよ。一応、すごい」

突然の話にいまひとつピンとこない律に、克己が面白くもなさそうにそう付け足す。

「律くんは喜んだ方がいいよ。候補作、今年の三月に出たやつだけどね、あれあなたのこと書いた話だから」

「俺のこと？」

「ちーが言うにはだけどな。料理人の男が出てくるとかじゃない」

「前にあたし言ったよね？　律くんのせいで佐々原脩司の世界観が変わったって。あれ絶対に正解だったと思うの」

自分の読み方が正しかったのだと、千衛子は満足げに言った。

「やっぱり見る目のある人にはわかるのよ。賞を獲れても獲れなくても名前が挙がるってすごいことだし、ファンとして嬉しい。だからそれ、お祝い。佐々原脩司に渡しておいて」

「……脩司さん、呼んでこようか？」

「ううん、もう行くから」

作家本人には会わない主義だという千衛子がぷるぷると首を振った。

「もう眠いんだよな、ちーは」

優しく言う克己の腕に細い小さな手が摑まっている。

「じゃ、それ頼んだぞ」

「うん、ありがとう。おやすみ」

おやすみと空いている手を軽く振って、克己が千衛子に摑まれたまま道路の端に停めた車に歩いていく。

それを見送ってから玄関に鍵《かぎ》をかけ、律はプレゼントを手に二階の仕事部屋に上がった。

「こんな夜中に来るなんて克己だな。なんの用だって？」

振り向いた脩司は眼鏡をかけて、不機嫌でも上機嫌でもなかった。とても普通に和んでいる。

「克己とちーちゃん。これお祝いだって、なんか、賞の」

「なんだあいつチクりやがって」

渡したプレゼントの包みを無造作に解きながら、脩司が軽く舌打ちした。

「チクるってあんた。隠してたの？」

「気付いてねえみたいだったから黙ってただけだ。獲れなきゃ格好悪いだろ。内緒にしといて『律のために獲ったぜ』とか言ったら喜びそうだし、おまえ」

「あのね、そういうサプライズとか本当にいらないから」

　嬉しいけど。でも恥ずかしすぎる。

　もしも賞をもらってしまったら、授賞式でそんな恐ろしいことを言いかねない。近頃のこの人はこちらの機嫌にかかわらず優しくて、ふざけているのかと思うぐらい甘いのだ。

「ちーちゃんが言ってたから一応訊くけど、その小説ってもしかして俺のこと書いた？」

「そうとも言えるかな。……ああこれうまいんだよな」

　軽く戦《おのの》いている律の視線を受け流し、シャンパンのラベルを眺めながら脩司が言う。

「おまえがいるから思いついた、そういう話だよ。誉田が面白くないって言うような」

「……それが怖かったんだけどね、この間までは」

「おまえが気にすることじゃないって言っただろう？」

「うん」

　変わっていくのは当たり前で、それがいいとか悪いとかいう言葉に縛られるものではないと、もうよくわかったけれど。

「でも脩司さんが誉められるのはやっぱり嬉しいし」

　口に出したら、不意打ちの訪問に遅れていた感慨が湧いてきてどきどきしてきた。

　恋人が世の中に認められるということは、自分がこの人の隣にいて、それでなんの問題もないということなのだ。

「あ、ごめん、いま本気で嬉しくなった。……なんか感動してるみたい、俺。賞状とかなくても、もう充分って感じがする」

「そういうこと言うからマジで獲れたらプレゼントしてやろうとか、馬鹿みたいなこと考えるんだよな……」

うっすらと頬《ほお》を染める律を横目に見て、我ながら呆《あき》れるといった体で脩司が苦笑した。

「自分で思うならやめといてよ。ほんとなんの念押しなの、それ。これ以上好きにさせてどうするの?」

照れくさくなって詰め寄ったら、眼鏡を外した脩司が真正面からこちらを見た。

「そりゃおまえ、溺《おぼ》れさせるんだよ」

その目にたやすく胸が射抜かれて、思わず何も言えなくなった。

窓の向こうには夏の闇《やみ》がある。部屋はちょうどいい温度で、恋人は呼吸するように仕掛けたキスを、いま深くした。

「そろそろ寝るか?」

「……ん」

寂しさが付け入る隙《すき》も見当たらない幸せに満たされて、これ以上の気持ちはどこまであるのだろうと律は思う。

夜のベッドは毎日そこにあるし、彼の腕は手を伸ばさなくてもいい距離にある。キスも、中毒しそうな甘い囁きも、ありふれた物語と同じぐらいたっぷりと溢れている。
そうして差し出される愛にならもうとっくに溺れているのだ。

小説家は誓約する

文学賞の選考会は七月だった。

その日、佐々原脩司《ささはらしゆうじ》は東京《とうきよう》のホテルで発表を待ち、松永律《まつながりつ》はレストラン『プレジール』の厨房《ちゆうぼう》に立っていた。

（もう結果って出たのかな）

仕事中に気を抜くようなことはしたくないのだけれど、注文が途切れるたびにどうしてもそわそわしてしまう。今朝の脩司は普段通りの気楽な様子で「じゃあ行ってくる」と出かけたのに、どうやら当事者である彼よりも自分の方が緊張しているらしい。

昨夜からずっとそうだった。

「明日早いんだよね、九時だっけ。ちゃんと起きれます？」

いつもより早めの時刻にベッドに入ってきた脩司に何気なく尋ねたら、「おまえが起こしてくれるんだろう？」などとやけに呑気《のんき》なことを言われて、それがあまりに普通の調子に聞こえたから、律は思わず小さく溜息《ためいき》をついたのだ。

「起こすけど、なんでそんなに適当なんですか」

「別にふざけてるわけじゃねえよ」

ほっそりとした恋人を胸に抱き上げながら、脩司は少し笑って言った。

鋭く切れ上がった目尻《めじり》と削《そ》げた頬《ほお》。野性的な雰囲気のある彼の顔に浮かぶ笑みはやっぱりどこか真剣味が足りないように感じられて、真上から黒い瞳を覗《のぞ》き込んだ律は「心配だなあ」と軽く眉《まゆ》を寄せた。

「ね、脩司さん。もし受賞してても、俺のために獲ったとか、そんなこと冗談でも言っちゃ駄目ですからね？」

彼の作品が候補に挙がっている賞は、大衆小説でもっとも権威があるとされる文学賞だった。新進から中堅どころまでの作家の作品を対象としたもので、一般に広く知れ渡っているためマスコミからの注目度も高く、受賞作が発表された途端に受賞コメントのための記者会見が開かれる。それぐらい話題性のある有名な賞なんだ——と、およそ半月前に親友が教えてくれるまで、実のところ律は何も知らなかった。

さすがに賞の名前だけは聞いたことがある気がしたけれど、そんな報道はいままで一度も気に留めたことがなかったのだ。

『いくら興味ないからって、このぐらいは常識だ』

話を聞いて驚く律に、そのとき一柳克己《いちやなぎかつみ》は呆《あき》れたように嘆息した。

『もしも佐々原が受賞してたら、たぶんおまえも大変なんだよ。取材の申し込みなんて馬鹿みたいに来るだろうし、また家まで押しかけてくる奴だっているかもしれない。俺はそういう騒ぎに律が巻き込まれるのが心配なの。だからいまいち喜べないし、できればあいつが賞を逃すといいと思ってる』

相変わらず冷たいほど整った顔で、十五年来の友人は言っていた。

当然、克己がなんと言おうと律は恋人の受賞を願っていたが、たしかに記者会見があるというのは不安だった。

なにしろ脩司には、生放送中のテレビの中から突然律に呼びかけてきたというとんでもない前科があるのだ。あれは彼が原作の映画の製作発表会見という場での暴走だった。もちろん律は驚愕《きょうがく》したが、実際それは驚くどころではすまされない出来事で、しばらくは身の回りが騒がしかった。ちょうど一年ほど前のことだ。

「本当に俺の名前をテレビで言ったりしないでくださいね、絶対に」

あの二の舞だけは避けたい。そう思って律はしつこいぐらい念押しした。

「知らない人に詮索《せんさく》されたりするの、本気で困るからね、俺。そういうの苦手なんだから」

「ああ、わかってる。おまえが嫌がることはしねえよ」

大丈夫だ、約束する。そんな言葉を繰り返しながら宥《なだ》めるように何度もキスをされて、ようやく少し安心した。それが昨日の夜だった。

(店にいる時間がこんなに長いなんてはじめてかも)

手が空くたびに厨房の壁に掲げられた時計を見上げ、幾度目かで律はそっと溜息をついた。

梅雨《つゆ》明け宣言はまだ出ていないが、今日は晴れていたせいか夜になっても蒸し暑い。

ステンレスの調理台の、自分の持ち場の隅に置いたレモン入り水を一口飲んだときに、ふと、脩司の候補作は『水滴』というタイトルだったと思い出した。


仕事が終わって白衣を脱いで、真っ先に携帯電話をチェックした。脩司からの着信が一回。一柳克己と嶌田千衛子《しまだちえこ》からもそれぞれメールが届いていた。

留守録を聞いた律は、店の裏口に立ったまま急いでリダイヤルした。

「おめでとう、脩司さん」

気の利いた台詞《せりふ》は思いつかなかったが、その短い言葉でもきっと気持ちは伝わったと思う。

『散々聞かされたけど、やっぱりおまえに言われると嬉《うれ》しいな』

ありがとう、と朝よりももう少しざらついた声で答えた脩司は、祝賀会の二次会から抜け出せないのだと説明してから、明日の夜帰る、と低く囁《ささや》いた。

『それまでは電話も宅配も無視していい。そうだ、電話線抜いちまえよ』

「え？　なんで？」

わけのわからない指示の理由は、家に着いたらすぐにわかった。

彼の仕事部屋の留守電はメモリがいっぱいになっていて、すでに何枚ものファックス用紙が床に落ちていた。手に取るとどれもこれも受賞を祝う言葉が書かれていた。

「あの人、こんなに知り合いがいたんだ？」

茫然《ぼうぜん》と呟《つぶや》いたが、しかし本当に驚いたのは翌日だった。

朝から続々と花や電報が届きはじめ、気付いたときには古ぼけた一軒家の玄関先が胡蝶蘭《こちょうらん》の鉢や派手な花束に埋もれていたのだ。映画やドラマの仕事のせいだろうが、贈り主は出版社や個人名以外に、プロダクションとか制作会社とかいう社名が目立った。

「俺、あんたの友達って匡史《ただし》さんだけだと思ってた」

最初は感心していた律も半ばからは途方に暮れて、夜になって帰宅した脩司は喜ぶよりも先にうんざりとした顔をした。

「友達なんかじゃねえよ、こんな鬱陶《うっとう》しいことすんのは仕事で付き合いがある奴だけだ」

礼状を出すのが面倒だと彼はぶつぶつ文句を言っていたが、厄介事はそれだけではなかった。

祝辞や花や贈り物の嵐《あらし》の次には、訪問客の波が控えていたのだ。

北陸《ほくりく》の片隅にある作家の自宅はとにかく東京からの交通アクセスが悪い。

おかげでこれまで仕事先の人間が自宅を訪ねてくることもほとんどなかったのだが、受賞が決まってからは各社の編集が次々と挨拶《あいさつ》にやってきた。

その上取材の申し込みや講演依頼や保険や銀行の勧誘といった人たちまでが午前中から電話やチャイムを鳴らしたから、元々人付き合いが好きではない上にたいてい昼まで寝ている脩司は「うるさくてやってらんねえ」と普段以上に不機嫌になり、日常のペースを乱された律もすっかりくたびれてしまった。

「……きっと大変だよ、って克己にも言われてたけど」

風呂《ふろ》上がりの律がぽつりとこぼしたのは、選考会から半月後の夜だった。

台所はクーラーが効いていて、真夜中のダイニングテーブルにはもらいものの白ワインのボトルと二人分のグラスがあった。パジャマ姿の律は脩司の隣の席に腰を下ろした。

「あの賞をもらうのがここまでおおごとだなんて知らなかった」

「ああ」

考え事をするように頬杖《ほおづえ》をついていた脩司が、ひとつ頷《うなず》いて律のために新しいグラスを引き寄せる。

「迷惑かけて悪いな。おまえだって仕事があるのに」

ワインを注ぎながらストレートに謝られて慌てて首を振った。

「ううん、それはいいんだけど。脩司さんの仕事がそれだけ評価されたってことだから、賞とかは本当に嬉しいんだけど」

「だけど、なんだ？」

「なんていうか、なんか俺が思ってたよりもっとずっと大騒ぎだったから」

言葉を探すように俯《うつむ》いて律は薄いグラスの縁に唇を当てた。きりっと冷えた辛口の白。それを飲み込んでからもう一度口を開く。

「こないだ届いた花とか、こういうプレゼントとか、あんなにたくさんの人に佐々原先生って呼ばれてるのとか見てたら、ちょっと知らない人みたいな感じがして」

「何言ってんだ、知らねえわけねーだろ」

「そうなんだけど。でも少し遠い感じがする。本当は住む世界が違ったんだなあって。……あんたが有名な作家だってことは一応わかってるつもりだったんだけど。でも、脩司さんは俺が考えてたよりずっと偉い人だったんだなって」

「ばーか」

　彼の手のひらが、ぽんと腿《もも》の上に載せられた。

「くだんねえこと考えるなよ、律。俺はここにいる。何が遠いんだ」

　脩司は切れ長の瞳に穏やかな色を湛《たた》えてこちらを見つめてくる。

「騒がしいのはいまのうちだけだ。旬が過ぎたら誰もちやほやしたりしねえし、それで俺の何かが変わるわけじゃない。あれは作品に対しての賞で、俺が偉くなったなんてこともない。おまえが振り回される必要なんかねえんだよ」

　どうせまたすぐに静かになる、と諭すように言われて、律は唇を引き結んだ。

（なんでそこまで落ち着いていられるんだろう）

　脩司は前からそうだった。

　彼自身の仕事に対して一歩引いたような、他人の評価なんてどうでもいいといった態度を取る。考えてみればこの前の誉田《ほんだ》という批評家のときもいまと同じだった。あの皮肉らしい電話の文句を、脩司はまったく気に留めていなかった。

そんな彼を見て、はじめのうちは格好を付けてわざと捻《ひね》くれた言い方をしているのではないかと思っていたけれど、どうやらそうではないらしいとしばらくして気付いた。特に最近は赤裸々すぎるほど自分には素直に気持ちを明かしてくれる。

だからおそらく今回の件で少しも浮ついた様子が見えないのは、彼が受賞をただ『そういう現象』として受け止めているというだけのことなのだろう。たとえば大雪や台風のように自分の意思とは無関係に起きてしまう、けれど直面せざるを得ない出来事みたいに。

その冷静さはまるで誉められたり本が売れたりすることにすら興味がないように感じられて、だったら何が楽しくて小説を書いているのだろうと律にはそれが不思議だった。

だが少なくとも、他人の態度で何かが変わるほど彼の世界は浅くも弱くもないということだけはたしかだ。

「やだなあ……本当に手が届かない人みたいな気がする」

苦笑混じりに溜息をつくと、脩司がゆるく頭を傾けた。

「なんでだよ」

「だってなんか、あんたがそうやって立派な大人みたいなこと言うから」

「立派な大人なんだからしょうがねえだろ」

意外な返答に一瞬目を丸くし、それから律は小さく噴き出した。

「笑うなよ」

むすっとした声で言った脩司はすぐに口元を綻《ほころ》ばせ、「それ飲んだら上に行こう」と囁いた。


授賞式は八月の半ばで、そのときも脩司は一人で前日から東京に向かった。

彼はついでにいくつかの取材や打ち合わせを済ませてくる予定で、帰宅は一週間後になるはずだった。ちょうど後半が『プレジール』の夏期休業と重なっていたから、あとから追いかけていくと言ったら、脩司は意外そうな顔をした。

「夏休みなんてあるのか？　食いもん屋ってたいてい人が休んでるときにやってるもんだろ」

「そうだけど、この日からここまで卸売市場がお盆の休場だから。三日も魚介類が仕入れられなかったら、うちみたいなとこは店が開けられないんだよ」

カレンダーを示して説明すると、「無理するなよ」と言われた。

「せっかくの休みならのんびり家にいた方がいいんじゃねえか？　このところおまえもゆっくりできなかったんだし」

「ううん、休みだから少しでも一緒にいたい。仕事の邪魔になるなら留守番してるけど」

「いや、来てくれたら俺は助かるけどな」

そんなわけで、律は新幹線に乗っていた。

授賞式からもう四日が経つ。

翌朝のニュースでちらりとその様子を目にしたが、長身の彼がスピーチをしている映像は見栄えが良すぎて、作家の役を演じている俳優か何かのようだった。もちろん欲目だとは思うけれど、普段の脩司は擦《す》り切れたジーンズにシンプルなシャツといったラフな格好しかしないし、髪はいつでもちょっと伸びすぎてたまに無精ヒゲだって生えている。

だから髪を整えてきちんとした服装をしていると別人みたいに端整に見えて、画面越しでもなんとなく照れくさくなってしまうのだ。

変わる車窓の風景を眺めながらそんなことを思い出し、もうすぐその本人に会えるとぼんやり考えていたら、横浜《よこはま》駅の手前で鞄《かばん》の中の携帯が数回震えた。脩司からのメールで、予定より早く仕事が終わったから東京駅まで迎えに行く、という内容だった。

肩から斜めがけしたバッグと手に提げた荷物を抱えて新幹線を降りると、指示された改札を抜ける前にすらりと背の高い人影を見付けた。

すぐにこちらに気付いた脩司が軽く片手を挙げる。

小走りに駆け寄った律は、近くなりすぎる手前で足を止めて彼を見上げた。

「お疲れさま、脩司さん」

脩司が手を下ろして「お疲れ」と応える。

撮影付きの仕事があったらしく、今日の彼はテレビで見たのとは違うスーツを着ていた。ゆるめられたシャツの襟元《えりもと》にネクタイはない。だけど着崩したその感じもよく似合っている。

思った瞬間にぎゅっとしたくなった。

――五日ぶりだから。

律は込み上げてきたささやかな衝動を急いで飲み込む。それを察したように、脩司は大きな手でぽんぽんと軽く律の頭を撫《な》でた。

「荷物が邪魔だな。とりあえずホテル行くか」

タクシーのリアシートに収まるとどちらからともなく指を絡めて手をつないだ。

彼は多少眠そうな顔をしていたが、執筆にのめり込みすぎたときみたいに神経が尖《とが》っている感じではなかった。おそらくは飲みすぎと人疲れなのだろう。

「あんまり寝てない？」

「そうでもないはずなんだけどな。いや、よくわかんねえ」

自分の体調に気配りできない脩司は、びっくりするほど簡単に寝食を忘れてしまう。

目的地に到着して、律はそこが去年はじめて作家の仕事に同行したときに泊まったホテルだったと気が付いた。どうやらお気に入りの宿泊先らしい。

「出かけてる間にツインに荷物移してもらったはずだから」

脩司はロビーを横切ってまっすぐにフロントカウンターに向かう。その背に、誰かが後ろから声をかけた。

「佐々原先生」

振り返った律の目に映ったのは、にこやかな笑みを浮かべた男だった。スーツ姿で角張ったブリーフケースを提げ、もう片方の手をポケットに突っ込んでいる。

「……驚いた」

脩司は言葉通りに目を見開いて、一瞬で眠気が晴れたような顔で男を見返した。

「なんでこんなところにいるんですか、木崎《きざき》さん」

「おまえがここに泊まってるって聞いたからだよ。まあ、そんなことはさておき」

気軽な感じで歩み寄ってきた彼は、ポケットから手を抜き出して姿勢を正すと、

「このたびはおめでとうございます、佐々原先生」

口調をあらためて頭を下げた。

「やめてくださいよ。あなたに先生呼ばわりされると馬鹿にされてる気がする」

戸惑ったように眉を寄せた脩司の肩を叩《たた》いて、はは、と彼は明るい笑い声をたてた。

「そう言うな、こっちは敬意を表してるんだから」

（……誰？）

やけに年下っぽい脩司の口調に違和感を覚えて、二人から一歩離れた場所に突っ立ったまま律は首を傾《かし》げた。

たしかに見た感じでは三十歳より上だろう。百八十センチの脩司と並ぶとわずかに低いぐらいの身長で、いくらか彫りの深い精悍《せいかん》な顔立ちに髪は自然な黒だった。どちらかといえばスリムな方だが瘦《や》せているというほど貧弱でもなく、スタイリッシュなスーツや醸し出す雰囲気に何か印象的な存在感のようなものがある。

一体何者なんだろうと思っていたら、

「木崎さん、彼は去年から家の中のことをやってくれてる松永律です。律、昔俺の担当だった編集の木崎さんだ」

不意に振り返った脩司にそう紹介されて、律は慌てて会釈をした。

「はじめまして、滄海社《そうかいしゃ》の木崎瑛《あきら》と申します」

「松永律です。はじめまして、お世話になっております」

微笑《ほほえ》みながら丁寧に名乗られてもう一度深めのお辞儀で応じると、彼は何かに納得したように頷いた。

「きみが例の『律くん』だね。誉田先生から聞きましたよ」

ええまあ、と曖昧《あいまい》に微笑しながら、内心またかとちょっとだけうんざりした。

(まあ、脩司さんが会えて嬉しい人みたいだから別にいいんだけど)

胸の中で呟いて二人を見上げた律は、木崎と目が合った瞬間にふと軽い違和感を覚えた。彼の視線がなぜか鋭く感じられたのだ。

「なあ佐々原、いま少し時間取れないか？　ちょっと話がしたいんだ」

しかし、木崎の快活な口調にはなんの変化もない。

（気のせいかな……）

妙に見つめられていたような気がしたけれど。

そんなことを考えている間に二人の間で話が決まったらしく、「俺もすぐ行くから、部屋に荷物を置いてこい」と脩司は手にしていた律の鞄をこちらに寄越した。律は木崎に一礼してその場を離れると、フロントで鍵《かぎ》を受け取ってエレベーターに乗った。


滄海社は大手の出版社で、木崎瑛は脩司よりも六歳年上の三十六歳、独身で有能な編集者だと律が知ったのは、それから小一時間も経ってからだった。

「あの人には本当に世話になったんだ」

木崎とお茶をしてから上がってきた脩司は、ひどく懐かしそうに言った。

「途中で木崎さんが別の雑誌に異動したから、担当してもらったのはほんの二、三本だったんだけどな。東京にいた頃はよく飲みに連れてってもらった」

「格好いい人でしたね」

部屋は広々としたツインで、コーヒーテーブルとソファがあって窓際にはライティングデスクもあるが狭さは感じない。二台並んだベッドはセミダブルだった。

その片方のベッドに二人で寝転がって、律は脩司の胸に頭を乗せていた。

「若いときからいい男だったよ、面倒見がよくて頭が切れた。観察眼が鋭いっつーかな」

他の男を誉めるといつも面白くなさそうな顔をするくせに、格好いいという台詞をつるっと受け流されてしまって、逆に微妙な嫉妬《しっと》を感じた。

「ほんと仲良かったんですね。なんか脩司さん、懐いてるって感じだった」

皮肉のつもりで言ったのに、それにも彼はあっさり頷く。

「そうだな、懐いてた。好きだったんだ。お互い生意気な若造だったからかもしんねえけど、あの人とは本当に気が合った。たぶん兄貴みたいなもんだったんだろう」

数分前、部屋に入ってきた脩司は煙草《たばこ》とコーヒーの味がするキスをしたあと、律を抱き締めてシーツに転がった。シャツが皺《しわ》になるよ、と言ったけれど、それよりも彼は恋人の髪を撫《な》でたり腕の中に感じたりしていたいようだった。

気持ちがいいから、律も黙って好きにさせている。

「色んな編集と仕事したけど、マナカ書店の高木《たかぎ》さんと滄海の木崎さん、俺はこの二人には頭が上がらない。どっちも恩人だ」

高木という女性には一度会ったことがある。四十絡みの聡明そうな人で、その年齢での出産のために現在は大事をとって長めの産休中だと聞いた。

「なんか、あんたがそういうこと言うのって意外な気がする」

「そうか？　けど、高木さんなんか俺の最悪の時期も知ってるしな。地元に帰った頃は何度もうちまで来てくれたんだ。彼女には迷惑かけたよ。高木さんがいなかったらたぶんこの仕事も続けられなかった」

「……そうだったんだ」

脩司が五年前に東京を去ったのは、妻を亡くしたからだと聞いている。幼い頃から一緒にいた葉子《ようこ》という名の女性だった。

その人を失ったあとの脩司のことを考えると律はいつも悲しくなる。自分が出会う前の、彼が一番苦しんでいた時期を想像すると。

「木崎さんとはそのときから連絡取ってなかったんだ。向こうも海外出張とかで忙しそうにしてたし、こっちも連絡できる気分じゃなかったし」

ふっと笑うように息を吐き出して、脩司の指が頭から背中に滑る。

「しかし、こんなにうざってえなら賞なんかもらわねえ方がよかったと思ってたけど、受け取ってみるもんだな。あの人とまたこうやって話ができるとは思わなかった」

「よかった」

固い胸から顔を上げて、律は思わず呟いた。

「脩司さんみたいな人でも、ちゃんと大事な人がいて」

「俺みたいってどういう意味だよ」

「俺、ずっと、あんたは一人が好きなんだって思ってたから。好きで人を寄せつけないようにしてるんだって。だから脩司さんのこと助けてくれる人とか、大切な相手とか、ほとんどいないのかと思ってた」

「厳密な意味で一人だったことはねえよ」

少し笑った脩司の指が、柔らかな速度で肌を撫でる。

「俺は自力じゃまともなことなんて何ひとつできない人間なんだ。いまだっておまえがいないとあっという間に駄目になる」

大げさにではなく、ただ本心がこぼれてしまったというように彼の声からは力が抜けていた。

「俺に会いたかった？」

「寂しかったよ」

率直な言葉に安堵《あんど》して彼の胸に額をこすりつけると、抱き締められて上下を入れ替えられた。

耳元に低い囁きが落ちてくる。

「なあ律、晩メシ、ここん中ですませていいか？」

「……なんでもいいよ」

背骨から滲《にじ》み出す熱に微笑しながら答え、でも先にカーテンを閉めてと頼んだら、「まだなんにもしねえよ」と言いつつ深いキスをされた。

ガラス越しの夏の夕空はまだ真昼みたいに明るかった。


食事の前に少しだけ甘やかすつもりだったのだけれど思った以上に自分も飢えていたみたいで、いつの間にかくちづけに夢中になっていた。

結局、来るまでに汗を掻《か》いたからシャワーを浴びたいと律が彼の腕から抜け出すと、脩司はカーテンを閉めてドアに『起こさないでください』の札を下げた。

そんなはじまり方だったが、けっして脩司は焦らなかった。

「おまえ、少し痩せただろう?」

「夏だからね。調理場なんて冬でも暑いところだから」

白い首筋から胸に唇が下りてきて、律の吐息はかすかに甘くなる。

「ちゃんと食えよ」

「あんたに言われたくない、それ」

本当は、脩司がいないと家で料理を作る気になれない。それぐらいとっくに気付かれているのだろうけれど。

肌に残った水気は空調で乾燥した空気にすぐに蒸発した。それでも水っぽい気配が二人を覆っている。ただ、喉《のど》は渇いた。触れられる場所から生まれる快感に息が浅くなり、ひりつく喉を潤したくて律は繰り返しキスをせがむ。

「ライトがいつもと違うからかな……声我慢してるからか？」

体中を指と舌で辿《たど》られてとろとろになった律の顔を見下ろして、脩司が掠《かす》れた呟きを落とす。

「なんかおそろしく可愛《かわい》いよ、おまえ」

「ん、……それ、いつもは可愛げがないってこと？」

「いや、普段から律は世界一可愛くて綺麗《きれい》なんじゃないかって思ってんだけど、たまにそういうのを越えるんだ」

どうしてそんなことが平然と言えるのだろう。恥ずかしすぎると文句のひとつも言いたいのだが、丁寧な愛撫《あいぶ》で骨抜きになって全身を火照《ほて》らせた律は、もう身を捩《よじ》ることしかできなかった。桜色に染まって震える肌をつっと撫でられただけで高い声が出そうになる。

「色が白いから赤くなるとエロいんだよな、唇も胸もここも」

「く、ふ……あ、ああっ、あ……」

硬くなった前を舌で愛されて、堪えきれずに細い嬌声《きょうせい》が溢《あふ》れる。そうしながら後ろに濡《ぬ》れた長い指を入れられて、出ちゃう、と律はシーツを蹴《け》りながら切迫した囁きを口にした。

「駄目、脩司さん、いっぺんにしないで……！」

「イイならいけよ」

「駄目だって、いまいっぱいしたら、あとでできなくなる」

「あとって？」

「夜。ごはん食べてから」

涙目で言った途端、脩司がくっと喉を鳴らした。

「なんだおまえ、俺を寝かせないつもりだったのか？」

くくく、と笑う声に慌てて首を振る。

「そうじゃないけど、だって、もう一ヶ月ぐらいちゃんとしてないし」

「ん？　そうか、道理でクると思った」

「だから、あとでゆっくりしようって……」

食事をすませないとレストランが閉まる時間が気になって落ち着かないから、いまは少しだけのつもりだった。そういうことを懸命に説明しようとするのに、ちょっと人の悪い笑みを浮かべた脩司の指が深く押し込まれてきて、ぞくぞくと込み上げる疼《うず》きに声が途切れてしまう。

「したいときにしたいようにすりゃいいんだよ。これがイイんなら可愛い顔して鳴いてろ」

「っ、んん……、駄目だ、って……っ」

わざと音をたてて舐《な》められて、立てた膝《ひざ》が細かく震えた。気持ちよすぎて呆気《あっけ》なく射精してしまいそうだけれど、含まされた指が物足りなくて奥が切ない。この快感をもっと引き延ばしたい。もっとちゃんと彼を感じて、それでいきたい。

「やだ、やめて……それじゃなくて」

コシの強い黒い髪を摑《つか》んで律は啜《すす》り泣くように訴えた。

「あんたのでして。脩司さんの、入れて。指じゃなくて。脩司さんが欲しい」

「ったくしょうがねえな」

顔を上げた脩司はたっぷりと苦味を含んだ笑みを浮かべていた。

「可愛い面して。見てるだけでもいきそうなのに、そういうこと言うなっつーの。マジでメシ食ってる暇なくなるだろう?」

自分が用意してきたローションを使ってさらに何本かの指を含まされ、甘くていやらしいキスにとろとろに溶かされて、それからおそろしく熱く充実した彼がゆっくりと入ってきた。

(好き)

苦しいほど中を埋め尽くす質量に思った刹那《せつな》、思いは唇からもこぼれていたらしい。

「好き?　これが?」

ぐっと強く突き上げられて必死で頷くと、正直だなとまた笑われた。実際、それの形も大きさも硬さも、信じられないほど自分を気持ちよくしてくれる。だけどもちろん脩司の体じゃなかったら好きだなんて思えなかった。

(これも、脩司さんの声も手触りも温度も、セックスのやり方も——こうして抱き合ってるっ

てことも)
ひとつになる悦楽に溺《おぼ》れると、何もかも全部が好きだと思う。体や目に見えない心だけではなく、時間とか空気とか、ここに至った偶然だとかそれを生み出したこれまでだとか、自分たちに関わる過去と現在のすべてが大切に思えるような不思議な幸福感が溢れてくる。
できれば脩司もそうだといい。
逞《たくま》しい背中に指を立てながら律は言葉にせずにそう願い、もっと深く彼を感じさせようと腰をくねらせて、脩司さん、大好き、と繰り返し彼の耳に吹き込んだ。

翌日、朝十時に迎えの車が来て脩司は出かけていった。

その直前までキスでベッドに縫い止められていた律は、浴室の鏡を覗き込んで耳を熱くした。起きてシャワーを浴びてからルームサービスの朝食を食べたあとの十五分間、脩司は大きな動物みたいに律を組み敷いて放さなかった。

「別に一人でも平気だって言ってるのに」

元々、脩司の仕事に同行しても邪魔になるだけだしこちらも気を遣うから、日中は適当に時間を潰《つぶ》して待っている――というのが律の予定で、一昨日の夜の電話までは脩司も同意していたはずなのだが、数日ぶりに会ったら気変わりしたらしい。

何もせずに待っているのは退屈だろうとか、一人では寂しいんじゃないかとか、色々と言った挙げ句におはようのキスどころではない濃厚なくちづけを散々与えられて、危うく我慢ができなくなるところだった。

――なんかあったら、仕事中だとか気にしないで電話しろよ。

囁いてようやくベッドを離れた脩司はざっと手櫛《てぐし》で髪の乱れを直し、その一瞬でシャープな目付きに戻ると、キスの余韻《よいん》で頬を上気させたままの律に「イイ子でな」と言い残してドアの向こうに消えた。

あれはちょっとずるい。やっぱりついていくと言いそうになってしまった。

「いきなり男前な顔するんだもんなあ……」

鏡に映る目元や唇はまだ赤くて、欲情しているみたいで気恥ずかしい。冷たい水で顔を洗って気分を入れ替えると、まず朝食のワゴンを廊下に出した。

それから脩司の服と昨日自分が着てきたシャツをランドリーサービスの袋に入れ、手持ちのコンビニエンスストアの袋にゴミ箱の中身を空け、一晩で散らかってしまったデスクの上を整理する。時間や電話番号や人名が書かれた電話のメモらしいものは、なくさないようにキーボードの上に載せてからノートパソコンを閉じた。放っておくと彼はなんでもごちゃ混ぜにしてしまう。

部屋の電話が鳴ったのは、律が片付けを終えてガイドブックを眺めているときだった。

東京に行くならあの店に寄るといい、とオーナーシェフの土屋明里《つちやあかり》に教えられたパティスリーを覗くついでに、どこかで昼食をとろうと考えていたのだ。

「もしもし？」

受話器を持ち上げると、『木崎です』と柔らかな声が聞こえた。

「おはようございます、松永です。あの、佐々原先生ならもう出かけましたけど」

『ええ、フロントで聞きました。近くまで来たから顔を見ていこうと思ったが、一足遅かったみたいだ』

「すみません」

ソフトな声音で苦笑されて、なんの非もないのについ謝ってしまった。

『いや、アポを取ってたわけじゃなし。ところできみは忙しいのかな？』

「あ、ええと……忙しくはないですけど」

『それはよかった。それなら食事に付き合ってくれませんか。昼メシ。少し早いけど』

「え？　なんでですか？」

『きみと話がしたいんです。佐々原と会ったのは久しぶりでね、せっかくだし、律くんに時間があるのなら最近のあいつの話を聞かせてほしい。じゃあロビーで待ってるから。いいね』

こちらが了承する前に電話は切れてしまった。深みのある声は外見よりも穏和な印象だったが、どうも有無を言わせないタイプらしい。

「うーん……どうしよっかなあ」

知らない男と食事をすることには抵抗があった。しかし木崎は脩司が恩人と呼ぶほどの人だ。恋人の過去を詮索《せんさく》するような趣味はないが、他人のことをあんなに嬉しそうに話す脩司ははじめてだったし、一体どんな人物なんだろうと少し気になる。

（まあいいか。脩司さんがやきもち妬《や》く相手じゃないみたいだし）

ガイドブックと携帯と財布を入れた鞄を肩から斜《はす》にかけて、律はロビーに下りた。

「律くん」

歩み寄ってきた木崎は今日もスーツを身に纏《まと》い、昨日と同じ革の書類鞄を提げていた。高価そうな感じはするが着こなしは自然で、見せつけるような嫌味な感じがしない。きちんとしているのに一分の隙《すき》もないという堅苦しさすらなかった。

「悪かったね、急にお願いして」

「いえ」

ちょうど自動ドアが開いてフロアの空気が動いたせいだろう、近付くとかすかにいい匂《にお》いがした。スパイシーで少しだけ甘い、男物の淡い香り。

「少し行ったところに面白い料理を出す店がある。車を使うほどの距離じゃないが……」

「歩きます」

答えると、木崎は微笑した。若々しい顔にわずかにできた目尻の皺が声よりもさらに優しく見えて、律の中でふと無意識に好感度が上がる。

「律くんは料理の仕事をしていると聞きました。それでなるほど、と思ってね」

ホテルを出てしばらくすると、木崎が肩越しに話しかけてきた。

「何がですか？」

律は足を速めて前を歩いていた彼に並ぶ。

正午近くの八月の陽射《ひざ》しはかなり強かったが、木崎は涼しい顔をしていた。

「去年の後半辺りから、あいつは料理を作る女性やなんかを書くようになっただろう？」

「それって普通じゃないですか？　女の人が料理するのは」

「いや、意識していたわけではないだろうが、だからこそというか、これまでほとんど書いていない。……きみが佐々原の小説を読まないというのは本当なんだね」

「苦手なんです、読書って」

律は言い訳し、それから素直に白状した。

「ほんと言うと、あの人の家でバイトするまで佐々原脩司って名前も知りませんでした」

「らしいね。だからきみを雇ったんだと言っていた」

木崎は頷き、

「そういうシーンがまったく出てこないというわけじゃないが、扱い方が違うというか」

と話を元に戻した。

「佐々原は早くに母親を亡くしているし、家庭の味や家庭的な女性をそれほど知らないせいだろうな、台所や食卓の風景を何気なく書くということがなかった」

さらりとした口調だったが、律はそこに含まれた意味にすぐに気付いた。

佐々原脩司に妻がいたことは周知の事実だ。にもかかわらず彼が家庭的なものを知らないと断言できるこの人は、おそらく。

――あいつが不器用だったから俺も一緒にメシ作ってたし。

亡くなった妻がそういう人だったということまで知っているのだろう。

「ここ最近のものを読んで、これは料理好きの女と同棲《どうせい》でもはじめたんだろうと思っていたが、しかし男のマネージャーと暮らしてるって話しか耳に入ってこない。あの記者会見であいつが帰ってこいと頼んでいた相手だと――ああ、そういえばあのときは大変だったね」

「いえ、あの」

いまさら蒸し返されたくない話題に律は口籠《くちご》もったけれど、木崎はなんとなく楽しげに響く低い声音を変えずに続けた。

「あいつはときどき周りを顧みない行動をしでかすからな。僕辺りは慣れているが、もしかしたら精神的にかなりまずい状態なんじゃないかと業界ではだいぶ噂《うわさ》になった。以前、佐々原はアル中でもう駄目らしいなんて話が出たこともあったからね。昔から人に気苦労をかけさせる奴なんだ」

「あの、ほんと……すみませんでした」

どこまで真相を知られているのだろうと思いつつ、あの一件は明らかに自分が原因だという後ろめたさから律は気まずく頭を下げる。

そうしながら、この人は『僕』というのだと変なことに気を取られた。

「謝ることはない。きみが来てからまともな生活をしていると昨日あいつが言ってたよ。それでこっちも納得したわけだ」

「納得?」

首を傾げた律には答えず、木崎は黒っぽいビルの前で振り返った。

「ここの二階だ。懐石風のエキゾチックフレンチ。なんだかわからないだろう?」

言って、いたずらっぽく笑う。十一歳年上。ものすごく大人なはずなのに、少年みたいに無邪気な雰囲気もある。

(脩司さんが懐くのも、なんかわかるかも)

こういう人を魅力的な人物と言うのだろうと思いながら、律は彼のあとから階段を上った。

昼の営業時間になったばかりらしく、先客はまだひと組しか見当たらなかった。溶岩風の壁に艶《つや》のある黒い床とテーブル。うるさくならない程度に個性的で重厚な内装の店だった。難を言えば昼なのにちょっとライトが暗すぎる。

「これで少し風変わりな料理を出すんだ。ランチにはいまいちだが、デートで来るにはいい店だよ」

ランチはコースメニューのみだった。値段設定は高めだが、木崎は高い方のコースを律に品数が少ない方を自分に、それからビールと軽いカクテルをオーダーした。

「いいんですか?」

作家でもないのに接待されるわけにはいかないと慌てたら、いいから気にしないでくれ、と彼は笑って言った。

「こっちが付き合わせてるんだから。それに、きみのような職業なら色んな味を試してみたいものかと思って両方頼んでみただけだしね」

「すみません、なんか気を遣わせちゃったみたいで」

「恐縮されるよりはありがとうって言われる方が好きだな。いや、礼を言えなんて押しつけがましいか」

軽く曲げた指を顎《あご》に当ててわざと困ったような顔を作る木崎に、律はほんの少しだけ笑って首を振った。

「ありがとうございます」

人の心を操るのが上手な人だ。いまのひと言で奢《おご》ってもらうなんて申し訳ないという気分が消えた。だけどそれも嫌な感じじゃない。そういうやり口が簡単に見て取れるほど手の内を明かしているからだろう。

もしかしたら正直な人なのかもしれない。

料理は木崎が言う通り変わっていた。馴染《なじ》みのないスパイスや冷たいものと温かいものの組み合わせ方、食材の大胆な取り合わせ方、繊細と奇抜が入り混じった調理法。

「よかったらこれも味見してごらん」

ビールを飲みつつ気軽に皿を回してくれる彼は食べることが好きらしく、律にとってはありがたいことに料理の話題も豊富だった。

こちらに話を合わせながら、その合間になぜ小説家と暮らすことになったのか、最近の脩司の暮らしはどうなのかと問われ、律は当たり障りのない範囲で答えた。

「俺も前に創作フレンチの店にいたことがあるんです。液体窒素とかエスプーマとか、だからそういう科学の実験みたいな調理法も齧《かじ》ったことはあって」

食事が終わる頃にはすっかり打ち解けた気持ちになって、律は訊《き》かれてもいないのにそんな話をしていた。

「じゃあ、こういうのは目新しくない？」

木崎はすっきりとして見えたが、ジャケットを脱いだ肩は広くて頑丈そうだった。聞けばストレス解消によく泳ぐという。脩司はたまにプールに通っているけれど、この人との付き合いで習慣になったのだと思うと腑《ふ》に落ちた。

「いえ、はじめて食べる味ばっかりでびっくりしました」

律は失礼にならないように真面目に答えた。奇をてらった料理は好みではないし、自分が考える最上の料理とは方向性が違うけれど、こういう意外性や斬新さを求める人間がいることも知っている。

「きみは素直な子だ」

それなのに、フォークを置いた木崎はひどく楽しげに言った。

「全部顔に出る。わかりやすいよ」

「そうですか?」

律は軽く首を傾けた。以前は幼なじみにすらもっと感情を表に出せと言われていたのだ。けれど最近は表情が豊かになったのかもしれない。脩司と付き合うようになったからだと考えると少し照れくさいけれど。

それとも脩司が言っていたように、木崎が目敏《めざと》いだけなのだろうか。

「ここの料理は面白いが、特別うまいと誉めるほどじゃない。そういう顔をしてる。まあ、僕も同意見だな。デート向きっていうのは要するにそういうことだろう、目新しいものがテーブルにあれば話題に事欠かない」

「そんな、おいしかったですよ、真似《まね》してみようかなっていうのもあったし」

「連れてきた僕に遠慮している?」

「ううん、本当に。すごく勉強になりました。ほんと嬉しかったです」

「それは本当っぽいね」

皿が下げられて、食後のコーヒーが運ばれてくる。ウェイターが立ち去ると彼は言った。

「喜んでくれたならこちらも嬉しい。きみが佐々原の恋人だということも確認できたし」

「……え？」

すうっと血の気が引くのがわかった。いま、この人はなんと言った？

「きみは佐々原脩司と付き合ってる。だろう？」

にこやかな表情のまま顎を引き、彼は視線で捕らえるように律を見据《みす》えた――動揺した。

「違います」

否定の言葉が咄嗟《とっさ》に口をつく。

「脩司さんに恋人なんていませんよ」

ただ相手の台詞を打ち消したいという反射だけで言っていた。

「そんなにムキになることはないだろう？」

木崎の口調は変わらず穏やかだったが、瞬間的に昨日の彼の視線が頭に浮かんだ。変に鋭く感じられた目付き。この人が自分と脩司の仲を疑ってあんな目をしていたのかと思ったら急に怖くなった。暴かれたくない、そう思う。

「違うものは違いますから」

十代半ばにゲイだと自覚してから、ずっと引け目を感じてきた。

ただでさえ両親を亡くした可哀相な子供だと別扱いされることが嫌だったのに、己が持つ感情も欲望も『普通』ではない。普通なんてものは現実のどこにもないのかもしれないが中高生の頃はまだそんなことも考えられなくて、学校という場所にいたときは多数派ではない自身を嫌悪していた。

なにより同性を好きになってしまう自分が恥ずかしくて克己の他には安心して付き合える友達も作れなかったし、引き取ってくれた叔母に一瞬でも育て方を間違えたなんて思ってほしくなかったから、家でも本当の自分を隠し続けた。

そんな抑圧の反動だったと思う。高校を卒業して一人暮らしをはじめてからはたくさんの男と寝た。馬鹿だったしろくでもないと、我ながら呆れる。

だから脩司に関わる自分のことを他人には知られたくなかった。

真実ほど隠さなくてはいけないという強い不安感は、子供の頃から持ち続けてきてもはや理屈ではなくなった生理的な怯《おび》えだ。もしも男の恋人がいるとばれたら、しかもそれが自分みたいな人間だと知られたら、脩司だって肩身の狭い思いをするかもしれない。あの人にはそんな煩《わずら》わしさを背負ってほしくない。

彼は元々、同性愛者だったわけではないのだから。

「でもきみは佐々原に惚《ほ》れてる」

木崎の上から笑みが消えた。精悍な真顔にはやはり見透かすような目があった。

「……そんなふうに見えますか？　男ですよ、俺」

背筋がぞくりとしたものの、虚を突かれた驚きからほんの少しだけ立ち直った律はなんとか苦笑を取り繕う。

「さっきあいつの話をしている間中、きみは全身でそう言っていたよ。自分が『脩司さん』と言うときの顔を知らないのか？」

けれど断言されて言葉に詰まった。知りません、と首を振るのが精一杯だった。

それきり黙り込んでしまった律をしばらく眺めてから、木崎は再び目元を和らげてカップを取り上げた。

「すまない、そういう事実がないのなら悪かった。たしかにあいつが男とっていうのはちょっと考えにくい。実際はともかく、世間的には女たらしってことになってるしね。ただきみが予想以上に可愛い人だったから、それもあり得るかと思ったんだ」

「……ないでしょう、そんな」

「あってもおかしくない。僕にはゲイの友人も多くてね、そうした関係が何か特別なことだとも思えない」

さらにぎくりと身を固くした律の前で、それはともかく、と彼は続けた。

「ここ一、二年の間に佐々原にとって大きな心境の変化があったのは間違いないんだ。特に最近の何作かはいままでにない個性を持った人物が出てくる。身近にモデルがいるみたいに生き生きとね。そしてきみは去年の夏前からあいつの家に住んでいる」

「偶然じゃないですか」

どんどん速くなる鼓動とは別に、うなじが焼けるような痛い感じがした。

「たまたまそういう時期に、俺があの人に雇われたってだけで」

身近なモデル。そんなふうに書くなんて脩司は一度も言わなかった。おまえのことは商売では書けないと一年前には言っていた。受賞作のことだってそうだ。

——おまえがいるから思いついた、そういう話だ。

あの言葉が嘘だとは思えない。

それでも読む人が読めば、誰か一人の人物が透けて見えてしまうということなのだろうか。

(だったら、どうしよう。なんか)

なんだかとても怖いことを聞いてしまった気がする。

「何よりこれは重要な点だが、僕にはあいつが他人と暮らせるとは思えない。佐々原脩司を知らない人間だったというポイントを差し引いても」

「それは、あの、俺も小さいときに両親と死別してるから、たぶんなんていうか、同情して」

次々と息が止まるようなことを言われて、頭がごちゃごちゃになりそうだった。

「同情。なるほどね、きみはこれまでのどの女性にも似ていないと思ったが」

「いえ、そうじゃなくて。違います」

律は余計な混乱を振り捨てるようにまた小刻みに首を振った。

「付き合ってるとかじゃないです、本当に」

いまは自分たちの関係から、ここにいる男の目を逸《そ》らすことが最優先事項だ。

「さっきも言ったが、きみが佐々原に惚れてるっていうのは一目瞭然《いちもくりょうぜん》だよ」

「だから違うんです。俺は、その」

焦る頭の中にひとつだけ逃げ道が浮かんだ。隠すのではなく嘘をつくこと。ほとんどばれているのなら、それ以外のもっと大事な部分を否定すること。

「……なんていうか、俺はそうですけど。そうっていうか、あなたが言う通りなんだけど」

俯いてそうっと息を吐き出して、できるだけ落ち着いた声を作った。

「だけどあの人はいまでも亡くなった奥さんを愛してるし、俺の気持ちは知らない。ただの片思いなんです」

きっと一番通りが良いのは、事実にひとつだけ混ぜた嘘。

「ごまかさなくてもいい。なんでもない相手をあいつが連れ歩くはずがない」

「本当のことですから」

「理解できないね。同じ家で暮らしていて、そんな目で見て、佐々原が気付かない？」

「しょうがないじゃないですか。脩司さんは小説のことしか頭にないんです」

一度声にしたら覚悟が決まったのか、案外なめらかに口が動いた。

「こっちにだって来なくていいって言われたのに俺が勝手についてきたんだし。あの人、放っておくとろくに食事もしないから。好きだから心配だし、役に立ちたい、それだけです」

「それだけ、ね」

木崎が肩を竦《すく》めた。どこまで嘘が通用したかわからないまま、律は冷めたコーヒーに手を伸ばす。苦いだけの液体は舌の上でざらついた。

「まあ、佐々原が前にも増して真摯《しんし》に執筆に取り組んでいるのはたしかだろうな。あいつは去年から苦しんでいる。これは良い意味で言うんだが」

数秒間の沈黙のあと、木崎は静かに言った。

「いままで扱わなかった題材に苦労して取り組んで、素晴らしい作品を生み出している。それで立派に受賞という結果を出した。『水滴』は美しい話だったよ。愛についての祈りとでもいうべきものがこめられていた。そうした人間への愛情は、これまでのあいつの文脈にはないんだ。佐々原は喪《うしな》った男だったからな」

「うしなった……?」

重々しい響きに律はおずおずと顔を上げる。

「デビュー作の時点から佐々原脩司という作家は怒りや絶望を原動力にしていた。夫に捨てられた母親を子供の頃に亡くして、一緒にいる葉子ちゃんは赤ん坊の頃に笑顔を奪われた。そこがあいつの原点なんだ」

　葉子ちゃん。その呼び方で、かつての木崎が脩司にとってどれほど近い存在だったのかはっきりと理解できた。

「あの頃は読み手をぐいぐいと引き込むような独特のスピード感があるものを書いていたが、どれだけ面白い話でも、冷静に振り返ってみればぞっとするほどシニカルな世界観を持っていた。物心ついた頃から溜《た》め込んできた行き場のない怒りと破壊願望。それが『殺意の作家』の産みの親だよ。彼女が亡くなってからは、なおさらね」

（……この人も小説語で話すんだ）

　ぽつんと胸に呟きが落ちた。

　本を読む習慣のない自分には馴染みのない言い回し。まるで違う世界みたいな脩司の周辺の人たち。自分が知らない頃の彼の身内だった木崎。

「そんな奴が、ここにきて世界を優しい目で見るようになった。愛情を殺意に至る激情や死んでも逃れられない呪縛《じゅばく》と捉《とら》えていたような男が、あるときから現実の中の光や救いを好んで描くようになったんだ」

　――『希望』があるんですよ。

　藤島という編集者の言葉が甦《よみがえ》って、律は色の薄い目をしばたたかせる。

「当然、編集としても旧友としても気になったね。何があいつを変えたのか。あれを書かせた高木さんにも嫉妬した」

「高木さんって、担当さんの？」

緊張と困惑で干上がったような喉からやっと、かろうじて普通の声が出た。

「そう、マナカ書店のおっかないおねえさん。あいつとつるんでた頃によくとばっちり食らって叱《しか》られたもんだ。彼女、いまは休んでるらしいね。佐々原が落ち着いて安心したんだろう」

「あの、……嫉妬ってどういう意味ですか？」

尋ねると木崎は一度口を噤《つぐ》んでから、

「『俺』がこれを担当したかった」

溜息のようにそう言った。そのとき、すうっと瞳の上を光が走った。

「あいつがこんなふうに階段を上っていくときに手を貸したかった。一番にそれを読みたかった。そういう欲だよ。編集者としての」

生の情熱を一瞬だけ剝《む》き出しにした木崎は、余裕のある笑みに戻って続けた。

「まあ、そういうわけで僕はいまきみと会って話をしてるわけだ。きみが才能ある作家にとって特別な存在だから」

「俺は、別に」

「恋人じゃない」

「ええ」

彼は背を起こしてテーブルに肘《ひじ》をつき、前屈《かが》みになって指先を組んだ。

「だが、他に女がいるわけでもないという。それなら、やっぱりきみしかいない。律くん、きみとの暮らしがあいつの世界を美しくした」

「暮らしって、普通ですよ。普通にごはん作ったり洗濯したり、お隣に回覧板回したり」

みんな同じことを言う。自分が佐々原脩司に影響を与えた。きっとそれはそうなのだろう。こう何度も言われていたらそう認めるしかない。

「あとは片思いを隠して、だろう。わかったよ、それは」

しかしその重さをどう受け止めればいいのだろう。言われた側の気持ちなんて誰も考えてくれない。もちろん、自分よりも脩司の作品の方が重要だということは知っているけれど。

「だけど僕はきみ自身に興味がある」

少し重い気分で物思いに沈みかけていた律は、眉根を寄せて木崎を見返した。

「どうしてですか？」

単なる同居人だと言っているのに、なぜ自分にまで彼の目が向けられなくてはいけないのだろう。

「きみは傍にいるだけで佐々原の魂を書き換えた人間だ。気になるのは当たり前だろう？」

それがすべての理由になるとでもいうように言い切られて当惑した。

「僕があいつのことでわからないのはきみだけなんだ。いま住んでいる家は知らないが、仕事場はある程度想像できる。だが、律くんがあいつの日常にいる風景は想像できない」

「……編集さんって、そんなに色々気になるものなんですか?」

「なるね」

訝《いぶか》る律にあっさりと答え、木崎は背もたれに身を預けた。

「一口に編集といっても色々いるが、僕のような文芸畑の編集者は、担当した作家のもっとも熱心なファンだとでも思ってくれればいい。自分が惚れた作家がどういう生い立ちでどんなものを読んでどんな生活をしているのか、どこから作品が生まれてくるのかを知りたい。他の誰よりも近くで創作の秘密を見たい。そういう好奇心があるものなんだ」

「でも、いまは担当さんじゃないですよね?」

「だからこそ余計に気がかりなんだよ。佐々原はこちらから声をかけたのに、会社の都合で目を離さざるを得なかった作家だ。中途半端にしか関われなかった分だけ心残りも大きい」

腿の上で軽く指を組み合わせた木崎は、ゆったりと寛《くつろ》いだ姿勢とは裏腹に直線的なまなざしで見据えてくる。

「僕は自分の手で佐々原を育てたいと思っていた。だがあいつはきみと知り合った頃から急激に変化し、作品ははるかに進化した」

彼の視線に再び熱を感じて、律はグラスの水を飲んだ。

目の前にいる男は魅力的だった。整った顔と均整の取れた体。料理以外に趣味のない律にまで話を合わせてくれる知識の引き出しがあって、しかも仕事ができる立派な大人。おそらく脩司と出会っていなければ一目で好きになっていただろう。

「その要因がきみにあるはずだ。僕はそれがなんなのか知りたいんだよ」

自分が脩司の傍にいる人間だからだということはわかっているのに、そんな人にこんなに熱心に見つめられるとどきどきしてしょうがない。

「そんなこと言われても困ります」

まともに目を合わせたら赤くなってしまいそうで、律は俯いたまま言った。

「俺には脩司さんの仕事のことはわからないから……どんなことが小説と関係あるかなんて全然想像できないし」

鼓動がうるさい。そう感じた瞬間、不意に苦い気持ちになった。

脩司以外の男と二人きりで向き合ってこんなときめきを覚えるのは、もしかしたら悪いことなのではないだろうか。それに気付いたらさっきとは違う緊張で息苦しくなってきた。

「難しく考えることはないよ、ただ知り合いになれれば、僕はそれで満足できる」

「でも」

困ります、と小声で言ったあとが続かなかった。

その不自然な沈黙を彼がどんな意味に取ったのかはわからない。口を噤んでしまった律を見て、これ以上得るものはないと判断してくれたのかもしれなかった。

「そろそろ出ようか」

木崎は律が気まずさに耐えきれなくなる前に店員を呼んで会計を済ませた。

「さて、きみはこれからどこかに寄るんだったな。よかったら車で送ろうか、さっき言っていた店なら場所はわかる」

地上への階段を下りながら彼が言った。

「いえ、一度戻ります」

「それならホテルまで。一人じゃ迷子になるかもしれない」

白昼の陽射しはますます強かった。頭がぼうっとするのはたぶん暑さのせいだ。北陸では冬に雷が鳴るんだってね。木崎は歩きながらそんな話をした。

「最初の仕事のとき、佐々原がそう書いていてね。冬なのにここで雷鳴なんてあまりに不自然じゃないか、どういう意味なんだって訊いたらあいつも驚いてた。そういえば東京に来てから冬は晴れだった、なんて言って」

「雪おこしの雷。雪が降る前に鳴るんです」

「らしいね。こっちじゃ雷鳴は夏のイメージがあるんだが。——しかしあの頃の佐々原は可愛かったな。いまよりもっと痩せていて、野良《のら》犬みたいに目付きがきつくて、無口で無愛想で他人に無関心なところがあった。繊細すぎて人を適当に受け入れるような余裕がなかったんだが、それが逆に傲慢《ごうまん》に見えるような奴だった。それなのに一度気を許すといじらしいほど無防備に甘えてくるんだ。きっと不器用だったんだろう、若くてただ真面目で一生懸命で。そういうところはいまでも変わらないのかもしれないが」

　ぽつぽつと思い出話を聞かせて、ホテルに着くと彼は「付き合ってくれてありがとう」と、目尻に柔らかく皺を寄せて微笑んだ。

「こちらこそ、ごちそうさまでした。……あの」

「何？」

「今日のこと、脩司さんには言わないでもらえますか？」

「きみと食事をしたことを？」

「変なお願いしてすみません。でもなんか勝手に色々話しちゃったし。その、俺があの人をどう思ってるかとか、本当は内緒だから」

　二人の間で今日の話をしてほしくない。その感情は、さっき胸に湧《わ》き起こった罪悪感のせいかもしれなかった。

「わかりました。じゃあ、これは秘密のデートだったということで」

　こちらの頼みに簡単に頷いた木崎は初対面のような口調に戻り、一度手を挙げただけで振り返りもせずに去っていった。

　律はぐらぐらする頭を抱えて部屋に戻った。

「あー、……疲れた」

　クリーニング後の、まだ固いカバーがかかったベッドに倒れ込んで溜息をつく。

なんとかごまかせたとは思うが、これでよかったのかどうかわからなかった。

脩司が兄や恩人だという木崎にだったら自分たちの関係を打ち明けてもよかった気もするが、彼にはなんとなく底知れないところもあって、どこかで信じ切れなかった。

(もし本当のこと言うなら、脩司さんに相談してからじゃないと)

——なんかあったら電話しろ。

脩司の言葉を思い出して携帯を手に取ってみたけれど、彼の仕事を中断させる気にはなれなかった。そのままごわごわしたカバーの上で目を閉じると、なぜか木崎の瞳と、淡い香水の香りを思い出した。


もちろん、そのときは報告するつもりだった。木崎が脩司の顔を見るためにやってきて、それから一緒に食事をした。その展開にはなんの問題もないはずだった。

だけど言えなかった。

午後の間中ぐるぐると木崎のことを考えてしまったせいで。

彼が教えてくれた若い頃の、どこか痛々しい脩司のことを想像していたせいで。

「もうインタビューは懲《こ》り懲《ご》りだ」

鬱陶しい相手が続いたと疲れた様子で帰ってきた脩司の顔を見たら、黙って他の男と出かけたこと自体が、やっぱりひどい裏切りだったように思えたのだ。

心を許した相手にだけ甘える――彼がそういう人だということは誰よりもよく知っている。なのに自分は木崎の前で一瞬とはいえ甘い気分を味わってしまった。それが無性に後ろめたくて、何度か切り出そうとはしてみたけれど、ひとしきりべたべたしてからようやく気がすんだような顔をしている恋人にうまく話すことができなかった。

だから律は、なかったことにした。

「おまえは今日何してたんだ？」

問われて、昼食を食べに出かけ、暑かったからそのあとはホテルの館内をぶらついて、部屋のテレビで映画を観た、と答えた。木崎を抜きにしたこと以外は本当だった。

そうして彼の存在そのものを頭の中からそっと消した。

忘れてしまうことがなによりの安全策だと思ったのだ。そのときは。


東京から戻ってひと月近く経つと、毎日はかなり平常に戻った。

あれだけ出版社の人間が訪ねてきたにも拘《かかわ》らず、脩司は特に新しい仕事を入れていないらしい。たびたび「いまはお引き受けできません」と丁重に断っている姿を見かける。

いまもちょうどそんな電話を終えて、脩司が台所の子機を充電器に戻した。

「そんなに端から断っていいんですか？」

遠方まで足を運んだのにつれなくされる相手がさすがに少し可哀相な気がして、律は仕事部屋に持っていくためにコーヒーを注いでいた脩司に尋ねた。

「できねえもんはしょうがねえだろ。前みたいに『じゃあそのうち』って気軽に口約束できるほど余裕がないんだ」

「前みたいって、賞を獲る前ってこと？」

「あれは関係ねえよ」

少し笑って、脩司は白いマグカップをテーブルに置いた。

「単にここんとこ書く目的もスタンスも変わったから、信頼できる相手と丁寧な仕事がしたいってだけだ。また木崎さんに担当してもらえることになったしな」

彼が口にした名に、自分でもびっくりするほど大きく心臓が跳ねた。

「あの人の世話になるのは七年……いや、八年ぶりか」

おかしな顔をしてしまわなかったかと一瞬不安になったけれど、テーブルの縁に浅く腰掛けた脩司はこちらを見てはいなかった。

「俺には昔、木崎さんに言われて、それからずっと引っかかってることがあってな」

——きみ自身に興味がある。

あの声と、あのときのときめきや罪悪感がいっぺんに込み上げてきて、そんなところに座るなんて行儀が悪いですよと叱ることもできず、律は黙って彼の横顔を窺《うかが》う。

『『おまえの作品は面白いが残っていくものじゃない』——『僕は十年二十年後に佐々原脩司が書く〈人間〉が読んでみたい』』

脩司は少し遠くを見るような目をして、かつての木崎の台詞だという言葉をなぞった。

「そのときはなんでそんなうざってえこと言うんだと思ったよ。俺は文学なんかやるつもりはねえし、そこそこ面白いもんを書いてるって自負もあったからな。あんたは俺の味方のはずなのになんだってそう説教臭いこと言うんだって」

「味方？」

恩人という言葉とその言い方は何か手触りが違う気がして、律は思わず繰り返す。

「ああ。あの人はこっちを逆撫でするようなことを言わない編集だった」

「味方じゃないって、敵みたいな編集さんがいたってこと？」

「そこまでとは言わねえけど、あの頃は俺もガキだったから目上の人間にはわけもなく反感があったんだ。親ぐらい歳《とし》の離れた男とかな」

それは理由がないとは言わない——思ったけれど口を噤んだ。彼が父親に対して抱いている感情は、律にはいまだに窺い知れないものだったから。

「中年の編集にきみの年齢じゃわからないだろうがとか、きみは知らないかもしれないがとか偉そうな口を叩《たた》かれるのはむかついたし、いまならなんてことねえ雑談でも子供だったから苛《いら》ついた。けど、気に食わない奴でも仕事をくれる人間には言い返せねえだろ？　だからなんつーか、そういう奴らと喋《しゃべ》るとむしゃくしゃすることが多かった」

「……脩司さんって、昔から偉そうなのかと思ってた」

「俺は仕事相手には腰が低いんだよ」

手元のカップを取り上げて、脩司が一口コーヒーを啜る。

「でもまあ、正直わかんなかったんだよな、最初の一、二年は。初っ端の担当が反《そ》りの合わないオッサンだったせいで余計に身構えたってのもあるかもしんねえけど、編集者にどこまで気を許していいのかわからなかった」

コトン、とカップを置く音が耳の奥に響いた。

「一緒にものを作ってるって意識も持てなかったし、先生先生って持ち上げられても、相手が腹ん中で『どうせいまだけだ』って考えてる気がしてしょうがなかった」

「いまだけ？」

「売れなくなったら用済みだってことだ」

「そんな……」

「それはそれで当たり前なんだ。新しい作家は次々出てくる。編集が欲しいのは売れる作品であって佐々原っていう男が書いたもんじゃない。まあ、頭ではわかってても相手の言葉や態度にそういう冷めた空気を感じてたから信じ切れなかったんだろうし、俺も編集のことは単なる発注者としか思えなかった」

自身を消耗品のように感じながら他人を信用することもできなかった、十年前の脩司。

九歳で母の亡骸《なきがら》を目の当たりにしたという深すぎる傷を抱え、葉子という名の片割れとともにほとんど孤児のような扱いで育った彼は、アルバイト生活をしていた十九歳のときにはじめて書いた小説でデビューして一躍流行作家になった。

律はその頃の脩司を思う。

中学を出た直後からアパートの一室で葉子と身を寄せ合って暮らしていた彼が、周囲から優しい目で見られていたとは考えにくい。たぶん傍目《はため》には眉をひそめるような十代半ばの同棲としか映らなかっただろうし、二人の理解者はとても少なかっただろう。

そんな青年が、ある日突然、大人たちから『先生』と呼ばれる存在になったのだ。

手のひらを返したような世間に対して、どこか冷たいほどの不信感があったとしても仕方がない気がする。

「でも、木崎さんは最初から他の連中とどっか違った」

煙草で少し掠れた彼の声を聞きながら、律はわずかに俯いたままの脩司にそっと近付いた。

「あの人はこっちが引くほど俺の小説を読み込んできて、自分でも気付いてなかった個性だの欠点だのを遠慮なく指摘した挙げ句に『もっといいものを書かせてやる』っつったんだ。おまえは若いんだからこれからもっとうまくなるって」

テーブルの縁を摑む手に触れ、痩せて野良犬みたいな目をしていたと木崎が言っていた、その頃の脩司をいまの彼の瞳の中に探すように顔を覗き込む。

「単純な話だが、そのひと言で楽になった。はじめて使い捨てのもの書きじゃなく、一人の人間として見てもらった気がした」

「それで、『味方』なんだ」

ああ、と脩司が目を上げる。

「だからあの人に言われたことがショックだったし、忘れられないんだ。俺は残るもんなんて書きたくねえ、読んでる間だけ面白くてそれで終わりってのがいいんだ。それを知ってるはずの木崎さんにもっとまともな小説を書けみたいなこと言われて、自分が否定されたような気分になった。――あのときはマジでむかついたが」

華奢《きゃしゃ》な指の下から手を抜き出し、彼はようやく正面から律を見た。

「でもいまならわかる。あれはジャンルがどうのとか他人の評価がどうこうってことじゃなく、長く書き続けてくれって意味だったんだ」

「長く？」

「ああ。書きたいって欲望を枯渇させるな、書くことを諦《あきら》めるな。たぶんそういうことだ」

脩司は律の手を軽く握り、囁くように低く続けた。

「書いてる間は机の前に自分しかいない。俺の中から書くべき何かを引っ張り出すしかない。それを十年二十年先まで続けるっていうのは、それだけ自分と向き合って、物語になるほど深く人生を見つめろ、突き詰めて考えろってことだ。もの書きの元手なんて結局自分しかねえんだから、死ぬまで持ち続けられるテーマを自分の中に見付けなきゃ駄目になる」

――そのテーマって俺と関係あるの？　だから俺のこと書いたの？

考えないようにしてきた疑念がぐっと喉まで込み上げてきたけれど、律は懸命にそれを飲み込んだ。彼の作品にまともに目を通していない自分がするはずのない質問だった。誰かに教えられでもしない限り。

だがいまさら、東京で木崎と話をしたと報告することはできそうになかった。

あれから時間が経ちすぎた。

「いまの俺ならあの人が読みたいもんに少しは近付けるかもしんねえ。木崎さんと新しいものを作るのは本当に楽しみだ。だからな、律」

テーブルから腰を上げて、脩司は優しい声で言った。

「おまえが心配することなんかなんにもねえんだよ」

その一言で話を切り上げてぬるくなったカップを取り上げる。そのまま台所を出て行きかけて、彼はふと戸口で振り返った。

「そういや木崎さんが、律くんはどうしてるって言ってたぞ」

「……え？」

「一瞬しか会ってねえのに気に入られたみたいだな。やっぱり誰が見てもおまえは可愛いんだ」

伸びてきた手にくしゃりと髪を掻き混ぜられて、その甘い感触にずきんと心臓が痛くなる。

「とりあえず一仕事してくる。晩メシになったら呼んでくれ」

わかったと頷きながら、律はこの痛みがいつもの切なさとは違うものだと感じていた。好きだという気持ちで痛むのではなく——ごめんなさいという疚《やま》しい気持ち。

木崎がまだ気にかけてくれている。

ただの挨拶程度のことにそう思ってしまった自分にまた新たな罪悪感を覚えたのだ。しかしそれは理解しがたい感情だった。

(なんでだろう、俺は脩司さんしか好きじゃないのに)

どうしてあの人の名前だけで胸が騒ぐんだろう。

考えていたら足元が揺らぐような少し怖い気分が湧いてきて、慌てて首を振った。

(駄目だ、やめよう)

他の人のことなんて考えたくない。小さく呟いて律は唇を噛んだ。

「律《りつ》、知り合いが来てるそうだ」

オーナーシェフの土屋明里《つちやあかり》に声をかけられて、シンクで鍋《なべ》を磨いていた律は顔を上げた。

「知り合い、ですか？」

「そうらしい。見たことない顔だが」

厨房《ちゅうぼう》を出ると、テーブル席に見覚えのある姿があった。思わず足が止まる。

「……木崎《きざき》さん」

「こんばんは、律くん」

手帳を閉じた木崎は、苦み走ったその顔に小さな笑みを浮かべた。今日はノータイだったけれど、かすかに色気を感じさせる端整な佇《たたず》まいはひと月余り前に見たときと同じだ。

「どうしてここに？」

「明日は佐々原《ささはら》先生のご自宅に伺う予定でね。きみの勤め先が近くだと聞いたから。佐々原がここはなかなかうまいと言っていた」

「料理は、ええ、保証しますけど」

家で打ち合わせがあるなんて聞いていなかった。聞き忘れや彼の言い忘れ、それとも突然決まったことだったのだろうか。

「もう一度きみと話がしたかったんだ」

落ち着かない律の瞳を見上げて、木崎が柔らかく言った。

「あの、でもいま仕事中なんで」

律はうろたえて意味もなく厨房に顔を向ける。気にかけてもらえるだけならともかく、こうして目の前にいられるとどうしていいかわからない。

「もう行かないと。すみません、挨拶《あいさつ》だけで」

「上がるまで待ってるよ。そろそろラストオーダーの時間なんだろう?」

失礼しますと断って踵《きびす》を返そうとしたが、そのひと言に引き止められた。

「待つってそんな、困りますよ。今日は後片付けも掃除もいつもより時間がかかるし。明日は定休日だからまだ色々やることがあって」

「僕は明日の昼まで予定がない。朝までぐらい表で待つが?」

微笑《ほほえ》みながら告げられて隠しようのない溜息《ためいき》が出てしまう。

「そこまでしてなんの話があるんですか?」

「ほんの少し立ち話がしたいだけだよ、佐々原の前では話しにくいこともあるだろうし。ここに座ってくれるともっといいが、仕事中なら仕方ない」

あからさまな迷惑顔だったのに木崎はにこやかな表情を崩さず言い、

「さあ、向こうに戻りなさい。忙しいんだろう?」

飲み物を運んできたウェイターに目をやると、さらに囁《ささや》き声で付け足した。

「またあとで」

（ああ、駄目だ……）

こんな大人には太刀打ちできない。

負けた気分で厨房に逃げ帰ると、「なんだあれは」と土屋が薄く笑った。木崎以外のオーダーがないせいか、仕事中には珍しく眼鏡《めがね》の向こうの瞳に見慣れた揶揄《やゆ》の色があった。

「おまえの新しい男か。だとしたら誉めてやろう、趣味がよくなった」

「違いますよ。佐々原先生の編集さんです」

顔をしかめて途中だった鍋磨きに戻る。調理器具をピカピカにするのはお気に入りの作業なのだが、突然現れた木崎のせいで身が入らなかった。

わざわざ待ってまで話をしたいこと、脩司《しゅうじ》の前では話せないこととはなんだろう。

（まさか、俺が脩司さんの恋人だってまだ疑ってるとか？）

考えた途端に胃の辺りが痛くなった。もしそうだったらどうしよう。

「リツ、腹痛い？」

小柄な白衣の青年にひょいと横から顔を覗《のぞ》き込まれて、見ると同僚のコウが胸を押さえて心配そうな顔をしていた。吊《つ》り目がちで八重歯の目立つ気の強そうな顔をした彼は、外国育ちのために日本語が少し不得手だ。

「ううん。大丈夫、なんでもない。コウくん、そこは胸」

「胸《チエスト》? あ、ハートか。そう、だいじょぶならいい。『困りました』のかと思った」

元気出してというように背中をとんとんと叩《たた》かれて、歳《とし》の近いコウにまで気が重いことを知られてしまうのなら、土屋はなおさらだと思って溜息が出た。


店の裏には車寄せのスペースがあり、隣の敷地との境はこぢんまりとした生け垣になっている。その膝《ひざ》より少し高いぐらいのレンガの土台に腰掛けて、木崎は本当に待っていた。

「あんまり近くに来ないでください」

裏口を出た律は、「お疲れ」と鞄《かばん》を手に歩み寄ってきた木崎にそう言った。

「どうして?」

「緊張するんです、木崎さんみたいに格好いい人の近くにいると」

「お世辞でも、きみぐらい可愛《かわい》い子に言われると自惚《うぬぼ》れたくなるね」

苦笑しながらお返しのような軽口を叩いて一歩踏み出してくる。あの香水を嗅《か》ぎたくなくて律が下がる素振りを見せると、彼はそこで立ち止まった。

「そう警戒しないでくれ。取って食ったりしないから」

これ以上動かないという意思表示なのか、一メートルほど離れた場所でアタッシュケースを足下に置く。

「本当はなんの用なんですか？」

律は小さな声で問うた。

「本当、とは？」

「俺と無駄話するためにこんな夜中まで待ってるなんて変ですよ」

木崎が店を出てからもう何十分も経っている。人通りもない住宅街の暗い店の裏手。よほどの事情がなければ、ここでただぼんやりと待っていることはできないはずだ。

「いや、用件はそれだけだ。きみに興味があると言っただろう？　あの日はあれ以上話が聞けそうになかったから一旦《いったん》引き下がったけどね」

「……この前は脩司さんと仕事するなんて言ってませんでしたよね」

「あのときはまだ決定していなかったんだ」

簡潔に答えて木崎はスラックスのポケットに両手を滑り込ませた。裏口のドアの上の明かりと街灯の光で彼の姿は青く染まっている。

「仕事がなくてもきみを読み解きたいという気持ちは変わらないが。いや、単純にまた会いたいという気持ちもあったな、どうもあれから律くんの顔が頭から離れないんだ」

「……え？」

予想外の言葉に律は瞳を大きくした。

「なんでですか？　俺なんて、別に」

「だって綺麗《きれい》だろう？　その大きな茶色の目とか唇とか。僕は好きだね」

この前みたいに動揺したくないと懸命に身構えていたけれど、さらりと言う声に脈が跳ね上がってしまった。

「だがきみは可愛いだけじゃない。ただ形が整っている人間なら他にもいる。印象的だったのはその表情だよ、きみのまなざしには揺らぎとでもいうような何かの気配があった。不安定だが一途な何か、臆病《おくびょう》で頑《かたく》なな何か」

的確な言葉を手探りするように、じっと律の目を見ながら彼が呟《つぶや》く。

「もちろんご両親を亡くしたことが関係しているはずだが、きみの中にあるその何かが僕には摑《つか》めなかった。それがどうにも気がかりでね。一体この子はどんなふうにあいつに接しているんだろう、何を抱えて、どんな笑顔をあいつに向けているんだろう。そんなことを考えていたら、段々片思いでもしているような気分になってきた」

あなたは大人なのに。俺はなんの価値もない人間なのに。

思って、わずかに膝が震えた。卑屈すぎる考え方だということは承知している。けれど脩司に会うまでは本当にろくな恋愛をしてこなかったのだ。友達でもないのに自分のことを真剣に考えてくれる人なんて、彼以外にはいないと思っていた。それなのに。

「好奇心と言ってしまえばそうかもしれないが、僕は佐々原という作家の内面に作用したきみという人を理解したいんだよ。たとえばきみの愛情や孤独のすべてを」

「やめてください」

聞いていられなくなって彼の声を遮《さえぎ》った。胸がざわざわする。聞き続けていたらおかしな勘違いをしてしまいそうだった。

「もういいです、言わないでください」

「僕が本当にきみを知りたいと思ったのは、あの日のきみが痛々しかったからかもしれない」

木崎はけれど穏やかに続けた。

「律くんほど可愛い人が、どうして誰かを好きだという気持ちを隠さなくてはいけないんだろうと切なくてね」

本当はもう充分あの人に愛されている。そう告げたらこの人はどんな顔をするんだろう。考えたところで言えるわけがなかった。理解があるようなことばかり言っているけれど、実際にそうだと知ったら木崎も態度を急変させるのかもしれない。

なにしろ佐々原脩司は、亡き妻をいまだに愛し続ける作家なのだ。彼の作品を愛する読者やそれ以上に思い入れのあるらしい編集者という人が、男の恋人なんて代物を好意的に受け入れてくれるわけがない。

律は唇を噛《か》んでつま先を見下ろした。

九月も終わるところで、夜は涼しくなりはじめていた。秋の粒子をたっぷりと含んだその空気を深く吸い込み、思い切って口を開く。

「……もしかして木崎さん、俺のこと小説の中の人と間違えてるんじゃないですか？」

見上げると、彼の向こうに折れそうに細い月が見えた。視界を遮るほど高い建物は少ない。漆黒の空の高いところに下弦の月がかかっている。

「間違うっていうか、混ぜてるっていうか。だって俺にはあなたに知ってもらうような中身なんてないし、そんなふうに言ってもらえるほど綺麗な人間じゃないし」

「本気でそう言ってるのだとしたら、きみは僕が思う以上に純粋だな」

「嘘じゃないんです、本当に昔は……何年か前までは誰とでも寝てたんです。声をかけてくれる人だったら誰でもよかったし、なんだってしました」

この人の興味を逸《そ》らすためとはいえ、なぜこんなことまで吐露しているのだろう。

頭のどこかで冷静に思っている自分がいて、だけどこれで脩司が守れるという気もしたし、自分の胸の内を放り出すと何かが楽になるような感じもした。

「それで汚れてるとでも？」

「当たり前でしょう？」

自嘲《じちょう》気味に笑おうとしたが、あまりにも平然とした木崎の反応のせいでうまくいかなかった。

「俺はだから全然純粋なんかじゃないし、あなたに気になるとか言われたって何かの間違いだとしか思えない」

「セックスなんて誰だってする。若い頃なら羽目を外すこともあるだろう。その程度で汚れたなんて言ってもらっちゃ困るな、きみは人間が本当に汚いってことも知らないらしい」

切った爪のような月の下で、木崎は悠然と腕を組んだ。

「僕が見るところ、きみはまったく純情で潔癖な子供だよ」

「子供なんて……もう二十五ですよ」

律は唇を噛んだ。木崎と話すと混乱する。

自分の何もかもを否定しないこの人に、いっそ絆《ほだ》されてしまいたいような気がしてくる。もしかしたら脩司の世界にいる人に認められたいという気持ちでもあるのだろうか。彼との仲を知られたくないとこんなに強く思っているのに。

「すまない」

その怯《おび》えまでもが顔に出てしまったのか、木崎は不意に組んでいた腕をほどいた。

「どうやらまたきみの機嫌を損ねてしまったみたいだ」

目を細めて穏やかなトーンで言い、ゆったりと背を屈《かが》めてアタッシュケースを持ち上げる。

「今日は遅くまで引き止めて悪かったね。――じゃあ、おやすみ。また明日」

言って彼は踵を返した。唐突な幕引きも引き際の良さも先日と同じだった。

いまのいままで逃げ出したいほど緊張していたのに、呆気《あっけ》なく背中を向けられた途端に心細さが込み上げてくる。

「……おやすみなさい」

彼の姿が見えなくなってから律は呟いた。自分以外の従業員は先に帰ってしまった。店内にはまだ土屋が残って帳簿をつけているはずだが、しんとしてなんの音もない。

いつもの道を歩きながらどうして自分は泣きそうになっているのだろうと考えたけれど、答えはすぐには見付からなかった。


「遅かったな」

家に帰ると、脩司が二階の仕事部屋から下りてきた。

「ん、ちょっと後片付けに時間がかかって。ほら、明日休みだから」

「ああ、そうか」

我ながらぎこちないごまかし方だと思ったが、いささかの疑いもない様子で受け止められて胸の奥が鈍く疼《うず》く。

「そうだ律、悪い、忘れてた。明日の昼に木崎さんが来ることになってるんだ」

「……そうなの？」

答えた舌先が、苦いものに触れたときの口の奥のように痺《しび》れた。たぶん嘘の味だった。木崎に会った、それだけのことがまた脩司に伝えられなかった。

遅い夕飯の支度をしながら、律は小さく呻《うめ》いた。

「ああもう、ほんとになんなんだよ、俺」

頭の真ん中がまだ青く波打っている。木崎の声が耳から消えない。

（なんか……ごちゃごちゃだ）

溜息をついて鶏肉のワイン蒸しを皿に移したところで脩司が浴室から出てきた。

冷蔵庫に直行して缶ビールを取りだした彼に「先に服着てきてください。冷めちゃうから」と言うと、脩司は頷《うなず》きながらグラス一杯のビールを飲み干し、

「うまそうだな」

テーブルの料理を見て普段と変わらない顔で笑った。


トレイにカップとサーバーを載せて、ぎしぎしと軋《きし》む階段を上る足は重かった。

これまで編集者を通すのは居間と決まっていたのに、仕事場が見たいと言う木崎を脩司は躊《ちゅう》躇《ちょ》なく二階に連れていったのだ。仕事部屋に行くまでには寝室の前を通らなくてはいけないし、自分が来てからは他の誰もそこまで入ってきたことはない。

そういうあれこれがとにかく気まずかった。

「ありがとう、律くん」

他に置ける場所がなかったからパソコンの横にカップを並べると、木崎が手にしていた本を

書架に戻しながらにこやかに言った。

「そういやおまえは昔からインスタントを飲まなかったよな。生意気に」

「唯一の贅沢《ぜいたく》だったんだよ。まだうまい酒も知らなかったし」

デスクに歩み寄ってくる木崎に答え、脩司が短くなった煙草《たばこ》を灰皿に押しつける。

「あとは煙草か。相変わらず本数も多いみたいだな」

「あんたはもうすっかりやめたのか？」

「飛行機で我慢するのが煩《わずら》わしくなってね。やめた」

コーヒーを注ぎ終えた律はすぐに立ち去ろうとしたが、カップを取り上げた木崎に「昨日はどうも」と微笑まれてそうもいかなくなった。

「昨日？」

不思議そうな顔でこちらを振り返る脩司に、「彼の店に行ったんだよ」と木崎が言い足す。

「そんなこと言ってなかったよな、律。気が付かなかったのか？」

「あ、うん……見たことある人だって思ったけど」

「僕も名乗らなかったからな」

うろたえてごまかした途端に共犯者のようにさり気なく話を合わせられて、胸がかすかに捩《よじ》れるような奇妙な感覚を覚えた。気まずいのかほっとしたのか自分でもわからない。

「そうだ、まだ名刺も渡していなかったね。遅くなってすみません、あらためて、佐々原先生の担当をさせていただく木崎です」

　スーツのポケットから名刺入れを取り出し、すっと一枚抜き出すと、木崎は片手にトレイを抱えた律の空いている方の手をわざわざ取ってそこに載せた。

「ご丁寧にありがとうございます」

　軽く頭を下げた瞬間、彼の控えめな香水を鼻先に感じ、慌てて手を引っ込める。

「じゃあ、あの、ごゆっくりどうぞ」

　近すぎる木崎の視線から逃げるように会釈して離れ、「俺ちょっと買い物行ってくるね」と脩司に素早く耳打ちして部屋を出た。

　心臓が鳴っている。そう自覚した刹那《せつな》、何気なく言われたはずの昨日の言葉が心を過《よ》ぎった。

　――僕は好きだね。

　二人の近くにいるのはいたたまれない気がして、財布を摑んで外に出た。

　晴れた秋の午後だった。ふかふかの白い羊雲が水色の空一面に群れている。律は気分を落ち着かせたくて、いつもより時間をかけて夕飯の材料を買った。

　帰宅したのは家を出てからおよそ一時間後だった。

「すまないが、コーヒーをもらえるかな？」

　台所で一息ついていた律は、木崎の声にびくりと肩を揺らした。

「あの、脩司さんは？」

「電話中。きみが帰ってきたみたいだからお代わりをもらってこいって」

空になった耐熱ガラスのサーバーを差し出され、受け取った律は彼に背を向ける。

「上で待っててください、俺が持っていきますから」

細口のポットをコンロに載せて言うと、

「いや、他社との電話だ。僕はもうしばらく席を外していた方がいいだろう」

木崎は広いダイニングテーブルの椅子《いす》を引いて腰掛けてしまった。

無言。

彼の視線を感じたが、律は何も言わずに買ってきたものを片付けたり水切りラックの食器を拭《ふ》いたりと、淡々と目の前の用事をこなした。しばらくして琺瑯《ホーロー》のポットの湯が沸いた。コンロの火を止め熱湯で器具を温めて、フィルターに入れた粉の形を整える。そして湯を冷ます。

その様子を眺めていた木崎が、感心したように言った。

「随分と丁寧にやるんだね」

「きちんと淹《い》れないと豆が勿体《もったい》ないから」

緊張を悟られたくなくて、律は手元から目を離さずに答える。

「脩司さんは苦いのが好きだからいつも高めの温度で淹れるんですけど、二杯目は甘くしようと思って。その方が飲みやすいし、飽きないし」

「同じ豆で?」

「うん、豆の種類とか焙煎《ばいせん》の深さだけじゃなくて、お湯の温度でもコーヒーの味って全然変わるんです。ちゃんと適温まで下げて淹れれば、甘い香りが出たまろやかな味になります」

「なるほどね。いや、僕の蘊蓄《うんちく》も料理と酒まででね、コーヒー紅茶まではまだ手を出してないんだ。温度以外にうまく淹れる簡単なコツって何かあるのかな」

「そうですね、最初に粉に窪《くぼ》みをつけて、周りに壁を作るみたいにして……」

当たり障りのない話題にほっとしながらいくつかのポイントを説明し、最後の湯を注ぐと、それが落ちきる前に三角形のドリッパーをシンクに引き上げた。

「じゃあこれ、お願いします」

熱い液体を柄の長いスプーンで掻《か》き混ぜてからテーブルの上の鍋敷きにサーバーを置くと、椅子から立ち上がった木崎がふと呟いた。

「きみの彼氏になる奴は幸せだな」

一瞬何を言われたのかわからなくて、律はただ彼を見た。

「片思いなんて無駄だ――なんて幼稚なことを言うつもりはないが」

コーヒーを手にした木崎がこちらに目を向け、少しだけ笑う。

「男は佐々原だけじゃない。世の中には僕みたいに寂しい人間がいくらでもいる」

律は唇を開きかけてとどまった。

『つまらない冗談言わないでください』

『その言い方、まるで俺のこと好きみたいに聞こえます』

心の中に二つの台詞《せりふ》が浮かんだが、両方とも即座に却下する。どちらを口にしたとしても、あなたを意識していると告白しているようなものだった。

「……意外と普通のこと言うんですね」

慎重に答えると、彼は肩を竦《すく》めた。

「普通の男だから仕方ない。コーヒーありがとう、よく味わわせてもらうよ」

胸が締めつけられるような感覚が薄く湧《わ》き上がってきて、木崎が消えた戸口を眺めながら、もうこの人とは会いたくない、と思った。

翌々日のランチタイム後の休憩時間だった。

まかないを食べ終えてから裏に行き、何気なくロッカーの中の携帯を取り出すと、脩司のパソコンからメールが届いていた。

『お疲れ様。質問。コーヒーを抽出する適温は？』

目にした途端に息が詰まった。たぶん木崎に訊《き》かれたのだろう。一昨日は温度を言い忘れた気がする——なぜかひどく狼狽《ろうばい》した。

すぐに『だいたい八十℃、好みでプラスマイナス五℃』と打ち、『お仕事頑張ってください』

と添えて返信したが、壁に寄りかかったまましばらく身動きが取れなかった。

なんだか嫌な気分だった。何か落ち着かない、心に棘《とげ》が刺さったような感じがした。

「リツ、怖い顔」

なかなか戻らない律を探しに来たのか、厨房の戸口から顔を覗かせたコウがびっくりしたみたいにそう言って近寄ってきた。

「まだムネ痛い？　オレがおまえにママのキスをしてあげようか？」

油が跳ねた小さな火傷《やけど》の痕《あと》がある手で、心配そうに彼が自分の頰《ほお》を軽く叩く。

「ありがと、大丈夫だよ。コウくんは優しいね」

律の言葉にコウは白い八重歯を見せてにっこりと笑った。彼の好意は子供のようにストレートで無害だ。そういうものなら自分でも素直に受け取れる。

だけど木崎は――考えかけてやめた。

まだ夕方からの仕事がある。いらないことに気を取られている暇はない。

それから八時間後に夜の営業と後片付けを終え、コックコートと汗を吸ったTシャツを脱いで別のシャツに着替え、店の外に出ると夜風がひんやりと心地よかった。だけど足はいつものように疲れているし、月のない夜は暗すぎる気がした。

律が帰宅したとき、脩司は紫煙の充満する仕事部屋にいた。

「今日のメール、もしかして木崎さん宛《あて》だった？」

「ああ。おまえにコツを伝授してもらったけど肝心の温度を聞き忘れたって」

これまでずっとそんなふうに気軽に付き合ってきたみたいに脩司は言った。数年間の空白なんて彼らにとってはさほどの距離ではなかったのかもしれない。

自分はそういう二人の間にいるのだと思ったら、息苦しさに胸が押し潰《つぶ》されそうになった。


翌朝、台所の椅子に腰を下ろした律は、昨日から何度目かわからない溜息をつきながら携帯電話を開いた。

やめてください。はっきりとそう言いたかった。

(俺に話しかけないでください。脩司さんに俺の話をするのもやめてください……)

彼が脩司をメッセンジャーとして使ったことが引っかかっていた。それがチクチクと不快な棘の原因だった。木崎に悪気がないことはわかっている。彼が知っているのはこの家の電話番号や脩司のメールアドレスだけだ。質問があれば脩司経由になるのは仕方ない。

だけど、怖かった。

自分の中に立ちこめるこのわけのわからない感情を脩司にだけは気付かれたくない。別の男に心を騒がされているなんて見抜かれたくない。

木崎は雨雲のようなものだった。

脩司のことだけを好きでいたい自分の、おそらく最後の綺麗な心を陰らせる。

(なんにも言わない方がいいのかもしれないけど……)

放っておけば木崎の興味も薄れるのかもしれない。だけどいつまで待てばいいのかわからなかった。この混乱を何日も、何ヶ月も抱えていたくない。

律は手の中の携帯に目を落とした。午前九時。

会社員ならもう仕事に出ている時刻だろうが、明け方まで仕事をしていた脩司はまだベッドの中だった。そういう相手と付き合っている編集者への電話は、何時頃なら都合がいいのかわからない。けれど、少しでも早く片付けてしまいたいという焦りに押されて覚悟を決め、もらった名刺の携帯番号をひとつずつ確かめながら指で押した。

コール音が数回続いて途切れる。

『……木崎です』

一拍の間を置いてから聞こえた声はやけに低くて物憂い感じだった。

「すみません、松永《まつなが》です。寝てましたか?」

『ああ……律くん。いや、起きてたよ。起きたばかりだがね』

急に明るくなった口調がくすぐったくて、微笑みそうになる口元を引き締めた。わかっている。自分はこの人の少年じみた無邪気さにも弱いのだ。

『それで？　きみから電話をもらうとは思わなかった。何かあった？』

「いえ、あの、何かっていうか」

言うことは決めていたはずなのに、囁くような彼の声が耳に籠《こ》もってつい舌先がためらった。これでは駄目だと一度目を閉じて呼吸を落ち着け、もう一度口を開く。

「木崎さんにお願いがあって電話したんですけど」

『お願い。どんな?』

「その、俺のこと、もう気にしないでくださいって言いたくて」

毅然《きぜん》とした口調になれない自分がもどかしかった。律はぐるりと周囲を見渡す。

秋の陽射《ひざ》しが差し込む古びたキッチンはしんと光っていた。水切りの上の昨晩の皿やグラスやスプーンの縁。型の古い冷蔵庫やレンジ。新しいオーブン。食器棚。ガスコンロの鍋。ささやかで優しい自分の居場所。脩司のための自分の場所。

ここは誰にも壊されたくない。どんな小さな意味でも侵されたくない。

「昨日みたいに脩司さんを連絡係にするのとか、俺に話しかけるのとか、そういうのもう全部やめてほしいんです」

一息に言うと、携帯越しにスプリングが軋む音が聞こえた気がした。おそらく彼がベッドから起き上がったのだろう。

『また随分急に硬化したものだね。少しは打ち解けられたと思ったんだが。もしかして、僕がきみを好きだと言ったせいかな?』

「好きとか、そういうこと」

少しも動じた様子のない声音に焦《じ》れて、律はわずかに語気を強めた。

「あなたがどういうつもりで言ってるのか知りませんけど、俺はあれこれ詮索《せんさく》されたくないんです。そうやって土足で入り込まれるのも嫌だし、他の人を好きになった方がいいとか、ほんと余計なお世話っていうか、迷惑なんです」

おまえは迷惑な人間だ。それは律が思いつく限り一番強い拒絶の言葉だった。

けれど木崎は電話口でふっと笑った。

『どんなつもりもない、純粋に好意を持っているだけだよ。片思いのようだと言ったが、あれは気のせいじゃなかったらしい』

（からかわれてる……んじゃない）

顔は見えない。どこまで本気かなんてわかるわけがない。それなのに、木崎は本心を語っていると感じた。その直感に臆して律は声をひそめた。脈がひどく速くなる。

「そうじゃなかったなんて、どうして言えるんですか？」

『一昨日、ペーパードリップ用の道具を一式買い揃《そろ》えたんだ』

「は？」

『きみのコーヒーがおいしかったから、教えられたことを試してみようと思った』

「それで、ですか？」

律は眉《まゆ》をひそめた。たかがそれだけのことで、どうして好きだなんて。

『うまいコーヒーを飲みたかったわけじゃない。それなら専門店にでも行くさ』

困惑気味の律の声に、木崎はまた吐息だけで笑った。

『ただ僕はきみと同じことがしたかったんだ。だが、この歳になると自分のスタイルというものがあるからね、好きな相手の真似《まね》をして、たとえば共通の話題を増やそうなんて子供じみた手段を取ることはなかなかない。それではっきりわかったよ、きみを可愛いと思うこの気持ちはほとんど少年の頃のような恋なんだと』

「恋……なんて、なんで」

律は呻くように言った。声は頼りなく掠《かす》れた。

「なんでそんなこと言うんですか」

それは一番恐れていた事態だった。

『僕がどういうつもりなのかわからないんだろう？　だから説明したまでだ』

「だって、だったらなおさら困ります。俺のことそんなふうに思ってる人が脩司さんの傍《そば》にいるなんて」

『なぜそうなるんだ？　僕の感情はあいつとは関係ないだろう。それとも佐々原は、恋人でもないのにきみを独占したがっているのかな』

「っ……」

痛いところを突かれて返す言葉が見付からなかった。

『とはいえ、好きだからどうしようということはないよ。佐々原しか眼中にないきみに、付き合ってほしいなんて軽率なことを言うつもりもない』

息を詰めた律の耳に、淡々とした声が滑り込んでくる。

『僕はただきみの声を聞くだけで楽しいし、会えるとなれば嬉《うれ》しい。それだけのことだ。妙な下心で近付こうなどとは考えていない。だからそう無闇《むやみ》に逃げないでくれないか。……僕がきみを知りたいと思うのはそれ以上に佐々原を理解したいからなんだ。迷惑なこともあるかもしれないが、そこは理解してもらいたい』

わかりたくないんです。あなたのことを考えるのが怖いんです。頭の中で言葉が巡る。

(だって俺はこの人のことが嫌いじゃない……どうしても嫌だって思えない)

木崎はきっと知っているのだと思う。

自分があらゆる意味で彼のような存在を無視できないことを。

知っていて気持ちを揺さぶるような言葉を選んでいるのかもしれないし、こちらの動揺を楽しんでいる可能性だってある。彼からはそんな余裕すら感じる。

「とにかく、嫌なものは嫌なんです。もう俺にはかまわないでください」

このままでは本当に逃げられなくなってしまう――その予感に焦って律は必死で言った。

『きみから電話してきたんだよ？』

しかし、困ったように返される声は甘かった。

それでもう耐えきれなくなって、「起こしてすみませんでした」と謝って電話を切った。携帯を畳むと手のひらに薄い湿り気を感じたから水と石鹸《せっけん》で念入りに両手を洗ったが、表裏から指の間まで何度タオルで拭《ぬぐ》っても感情が染み出してくるような妙な感じが消えなくて、冷え切った指先をもう片方の手で包み込むと不意に体が震えた。

いますぐ二階に駆け上がって、脩司の眠るベッドに潜り込みたい。

背骨を貫くような衝動に、律はシンクの縁を摑んでその場にしゃがみ込んだ。

「脩司さんを起こしちゃいけないし……もうすぐ出なきゃいけない、し」

言い聞かせるように呟いたけれど、どうしようもなく胸が疼いた。こんな反応はおかしいとわかっているのに不安でたまらない。そして痛感する。

(俺はまだ、こんなに弱いんだ)

木崎が意図したことかどうかは知らないが、彼が言葉にして寄越した感情はほとんど完璧《かんぺき》なものだった。

寂しくて自信のない子供だった律は、長い間、誰かにただ「好きだ」と言ってほしかった。寝るための手続きなんかじゃなく、何も持たない自分を見て何も求めずにそう言ってくれる人がいたらどれほど救われるだろう。思うたびに馬鹿みたいな夢だと打ち消してきたし、脩司と出会ってからはこれっぽっちも考えなくなったけれど、心の奥底にはまだそんな心細い子供がいて、嫌いでもない相手をこちらから切り捨てることができない。

だから木崎に近付きたくなかったのだ。

彼を選ばないということは、自分が一番よく知っているのに。


後先を考えずに自分の携帯を使ってしまったおかげで、木崎はそれからたびたび律に直接電話をかけてくるようになった。

「やめてくださいって言ったじゃないですか」

『迷惑なら無視してくれればいい、電話が駄目なら他にも手はある。着信拒否の設定ぐらい簡単だろう？』

ふ、と耳元で笑う気配がするたびに律は歯噛《はが》みした。

『今日のこちらは随分冷え込む。そっちはどうだろう、ランチはどんなメニューだった？』

「関係ないでしょう、木崎さんが食べるわけじゃないんだから」

悔しいのは、いつの間にか彼とのやり取りを少し楽しく思いはじめていたせいだった。

予期した通り、律には木崎を拒むことができなかったし、なんの変哲もない自分の毎日に耳を傾けてくれる彼からの連絡を、どこかで心待ちにするようにもなっていた。

『なんでもいいから喋《しゃべ》ってほしいんだ。佐々原はどうしてる？　他社の締め切りが近いらしいからこのところ連絡は控えてるんだが』

「忙しそうでしたよ」

ランチタイムのあと、夜の仕込みをはじめるまでの休憩時間に、律は店の片隅や裏口で彼と話をした。最初のうちはさすがに家に帰って脩司の顔を見ることが気まずかったが、四度目からは慣れてしまった。

声が聞きたいだけだという木崎との会話はあまりにも他愛なく、好きだとか恋だとかいう言葉さえ出なければ、ただ穏やかで心地良いものだったから。

「ここ二日ぐらいは入っちゃってます、ゾーンっていうか、小説の世界に行っちゃって」

『入る、ね。その表現はぴったりだな。心ここにあらずっていう』

「そうなんですよ。何言っても全然聞こえないみたいで。もう慣れましたけど」

『慣れるほど傍にいるのに何もない。それでもあいつを諦《あきら》めないんだ?』

けれど木崎はこちらが気を許した瞬間に、まるで足下を掬《すく》うようにそんなことを言った。

「……放っておいてください」

その都度苦い気持ちになりながら、言いたくもない嘘を重ねる羽目になる。

「諦めるとかそんなの、俺の問題です」

『そうかもしれない。きみを寂しいと感じるのも僕の問題なんだろう』

そうして電話を切ると、律はいつも悲しくなった。

　自分がもしも女だったらこんな後ろめたさはあり得なかった。それなら堂々と小説家の恋人だと言えたし、木崎にも、もちろん脩司にも隠し事をしなくて済んだ。性別なんて考えてもどうしようもないことなのに、少しずつ膨《ふく》らんでいく罪の意識のせいでそんなことすら悔しくなる。ときどき泣きたいような気持ちにもなった。

　――もしかしたら自分はいま、とても弱くなっているのかもしれない。

　そう自覚しながら、日に日に冷たさを増す秋の夜風に切ないほどの痛みを感じて帰宅すると、寝起きみたいな顔をした脩司に「おかえり」と言われた。律は咄嗟《とっさ》に彼に抱きつく。

「どうした？」

　上がり框《かまち》でいきなり抱き締められた恋人が、首を傾《かし》げる。

「寝てたの？」

「ああ。夕方に一仕事終わったから、メシ食って風呂《ふろ》入って、さっきまで」

　煙草と衣服の柔軟剤に混ざって、うっすらとボディソープの匂《にお》いがする。脩司の香りに包まれたらたまらなく胸が苦しくなった。

「俺もシャワーしてくる」

　小声で言うと「え？」と怪訝《けげん》そうな声が聞こえた。

「したい。晩メシ、あとでいい？」

「俺は別にかまわねえけど」

彼の首筋に一度唇を押し当ててから体を離し、鞄と上着を投げ捨てて浴室に駆け込んだ。いますぐ寝たい。しないと泣いてしまう。そんな衝動が体中を駆け巡っていた。

(こんなこと、ずっとなかったのに)

何年も前に戻ったみたいだと熱いシャワーに打たれながら思った。誰かに抱き締められていないとバラバラになってしまいそうなこの気持ち。あのときと違うのはそれが脩司でなくてはいけないという点だ。いまはとにかく彼と寝たい。

ざっと髪を乾かしてから寝室に行くと、脩司はウィスキーのグラスと読みかけの本をサイドボードに置いた。律はグラスを取り上げる。

「おまえから誘ってくるなんて珍しいな」

「そう?」

わずかに残った酒を舐《な》めるように飲んで唇を湿らせたが、氷すら入っていないそれはひりひりするほど強くて、喉《のど》の奥から胃にかけて火を飲んだみたいに熱くなった。

「なあ、律。おまえ最近ちょっと変じゃないか?」

首を振ってベッドに上がると、重ねた枕《まくら》にもたれかかっていた脩司に抱き寄せられた。

「よく考え事してるような顔してるだろ。なんか心配なことでもあんのか?」

「ないって。いつも考え事してんのは脩司さんだよ?」

「でもなあ」

「いいから黙って」

性急なキスで声を封じる。舌を絡めると彼の舌に残っていたアルコールで一瞬だけ口腔《こうこう》が痺れたが、しばらくすると甘い味だけになった。

「ん……」

これが正しい。キスをして彼の体温を感じること。それだけが正しいことだ。

体は理解しているのに言葉にはならなかった。自分自身にも説明できなかった。

この、あと一滴の水が落ちてきたら溢《あふ》れてしまいそうな感覚。表面張力でぎりぎりのコップになってしまったみたいな感じ。心を満たしたその水が不安なのか悲しみなのか、それとも罪悪感なのかがわからない。秘密を抱えて孤独になってしまったのかもしれないし、木崎に掻き回されて安定を失っているだけかもしれない。

ただ、それがなんであっても脩司と肌を重ねれば、なんでも消せる気がする。

「いつもと違うな」

脩司の服を剝《は》いで彼の体に跨《また》がって、首から下腹までキスをしていったところで溜息のように言われた。手の中の性器はもう張り詰めている。

「したかったんだよ」

律は吐息で答えながら充実したそれに唇を押し当てる。

「なのに脩司さん、仕事中だったから。……前より忙しくならないって言ってたのに」

「しばらくしたら落ち着くつったただろ?」

受賞後の雑用で以前から入っていた仕事が押し気味になったのだと言い訳をされて、わかってるけど、と答えた律は自ら口を塞《ふさ》いだ。

「っ……」

押し殺した息づかいに背中がぞくぞくする。手のひらの下の引き締まった脩司の体。唇と同じ、皮膚と粘膜の間のつるりとした感触を充分に味わってから口いっぱいに頬張った。それはとても熱くて強いのに、舌触りはひどくか弱い。喉の奥まで飲み込んで舌と唇で締めつけながら引き出すと、よく知った男の味と香りが頭を痺れさせて、律は華奢《きゃしゃ》な肩や背中をぶるっと震わせた。衝動が強い欲望にすり替わる。口での愛撫《あいぶ》に夢中になる。

「もういい、律」

頬を撫《な》でられて顔を上げた自分の目がすっかり濡《ぬ》れていることは知っていた。鼻先にそそり立つ性器も唾液《だえき》と先走りで透明に濡れて、指で支えなければ腹についてしまいそうだった。それが嬉しくてくらくらする。

「やだ、飲みたい」

眩《くら》んだまま欲情に身を任せて呟いたけれど、脩司は首を振って悪いほど優しく囁いた。

「中に飲ませたいんだよ。嫌か?」

「……ヤじゃない」

とろりと潤んだ唇が考えるより早く答える。とにかく全部だと思う。全部脩司で塗り潰してほしい。体の内側も外側も、頭の中も。

「ん、あ、ああ……ふ、ぅ……っ」

慣れ親しんだ長い指がひくつく窪みをなぞって、ゆっくりと探るように入ってくる。匂いのないローションのぬめりがやけに甘かった。

「悪い、マジでご無沙汰《ぶさた》だったんだな。固くなってる」

「だから、そー……だって、言ってるのに」

ぎゅっと目をつぶると、期待感と、なかなか柔らかくならない部分をこじ開けられる苦しさにもどかしいほどの快感が込み上げてきて涙が滲んだ。

「ああ、そうか。悪かった、すまない、ごめん」

ふざけた調子で囁きながら耳朶《じだ》を食《は》まれ、頭の奥に沁《し》みるような低い声とざらりと舐め上げる舌にびくりと背が仰《の》け反《ぞ》った。その拍子に指がぐっと深く潜り込んできて、まぶたの裏が眩《まぶ》しくなった。まだいくなよ、と脩司に苦笑されて少し溢れてしまったと知る。

「お願いだから、早く……早くして」

乱暴でもなんでもいいから、いますぐ中に来て。無駄だとわかっているのに懇願した。

どんなに急《せ》かしても脩司はそういう頼みを聞き入れてくれない。自分の肉体や力が相手を傷付けることを怖がっているように見えるときもある。彼の心にある欲望はそれぐらい優しい。

だけどそのルールを自分のために捨ててくれたらいいのにと思ってしまう。

暴力的なほどの力で自分のすべてを遠くに持ち去ってほしい、そんなことを願う。

「っ、あ、も、……して、脩司さん、お願い、我慢できない」

「そんなに締めんなよ、もうちょい待てるだろ?」

律は首を振った。つうっと性器を指先で撫でられて小さな悲鳴がこぼれる。

「だめ……もう」

助けて、と吐息で綴《つづ》ると脩司が顔を上げ、それから口元を吊り上げた。

「おまえはたまにタチが悪い」

束ねた指が抜け出して、はあ、と息を吐き出した律の脈打つこめかみに脩司がそっと唇を押し当てる。深いキスをして抱き起こされ、逞《たくま》しい肩にしっかりとしがみつきながら、彼の手のひらに促されるままゆっくりと腰を落とした。

「無茶すんなよ」

唇の隙間《すきま》で囁かれて、もっとと舌をねだる。濡らされたそこはまだ狭いけれど脩司の熱を欲しがって、ひどく健気《けなげ》に彼を咥《くわ》えた。開いてさらにこじ開けられて、柔らかな粘膜が切ないほど彼を締めつける。道を付けられる端から快感は怖いほど湧き起こってきて、これで自分の中にあるものが全部溢れてしまうんじゃないかと思った。それが無意識に出た「助けて」の意味なのかもしれなかった。

「んっ、んん……く、ぁあ……っ」

最後まで収めきった瞬間にびくびくと体が跳ねた。力が抜けそうになった背を抱き締められて、両手で彼に縋《すが》りつく。

「もういったのか?」

「だ、って、気持ちい……」

「泣くほどかよ」

頬を唇で拭われて涙が落ちていたことに気付いた。脩司の声には微量の困惑が混ざっているように聞こえた。同じ温度まで熱を引き上げて同じだけ夢中になってくれないと駄目なのに。律は高揚よりも不安に駆られて彼の喉を舐め、歯を立てた。動物みたいにそうしたら脩司の肌が震えて、いたずらするなよ、と唇を奪われた。

熱を、もっと。頭と体の両方がそう訴えてくる。

「大丈夫か、律」

形を変えてより深くつながり、啜《すす》り泣きから甘い悲鳴まで何段階もの嬌声《きょうせい》をこぼしながら懸命に腰を揺すり立てた。言葉が入り込む隙間をなくしたかった。それなのに脩司が溶けそうな声で囁くから端からぐずぐずと心が崩れそうな気がした。

壊しちまいそうだと呟かれて、壊れないよと息だけで答える。

壊れない、大丈夫、気持ちいい。ずっと——ずっとこれだけをしていられたらそれ以上安心できることはない。いっそ崩れて、そこからみんな流れ出してしまうといい。別の男のことなんて、この濃密な悦楽で忘れてしまいたい。脩司は世界に一人だけしかいない。そのたった一人が自分を綺麗にしてくれる。

たぶんそれが、自分にとっての本当だった。

朝起きてキスをする。目が合うと近寄って抱き締めたり、彼の肩や背中に顔を擦《こす》りつけたり、する。いままでだってそうしていた気がするのに、スキンシップは自覚しているよりずっと頻《ひん》繁《ぱん》になっていたらしい。

「律、おまえ本当にどうしたんだ?」

「ん?」

仕事部屋で本を読んでいた脩司の背中に抱きついて夕飯は何がいいかと尋ねたら、答えの代わりにパタンと本を閉じられた。律は肩越しに振り向いた彼の顔を覗き込んでまばたきをする。

「最近やけにべたべたしてくるだろ。なんなんだ?」

「何って。触りたいから触ってるだけだけど」

「秋が苦手だとか、寒くなると人恋しいとか、そういうタイプだったか?」

「そんなことないけど。あ、でも、秋は寂しいよね、なんとなく。昔のこと思い出すし。あんまり覚えてないのに」

「その程度だったらまだわかるけどな」

仕事用の眼鏡を置いて脩司が椅子ごと振り返った。パソコンの画面は暗くなっている。

「別に落ち込みやすい季節があるわけじゃねえよな？」

心臓がどきっと鳴ったけれど、「どうしてそんなことを言うの」と笑ってごまかす。

脩司は軽く眉を寄せて律の瞳を見つめ、それからひとつ息を吐き出した。

「なんでもないならいいんだ」

訝《いぶか》っているのか、心配していたのか、何か思うところがあったのか、どれともつかない表情だった。

（駄目だ、なんか全然隠せてない）

夕飯の用意をしながらそう思ったらまた息が苦しくなった。

知らないうちに普段と違う態度を取っている。その事実がたまらなく心細かった。

きっと後ろめたさが自覚以上に表に出ているのだ。もしかしたらこれ以上秘密を持ち続けることには耐えられないのかもしれない。

（だからって、克己《かつみ》には言えないし……）

親友のことはとても信頼している。

けれど彼はまっすぐで、問題があることを快く思わない人間だ。律本人が木崎のことを正直に話してしまえば楽になるとわかっているのだから、克己がそう思わないわけがない。『おまえは浮気なんてしてないんだから、佐々原に最初から説明すればいいだろ』、彼が言いそうなことは想像できた。

でもそうじゃない。それだけの問題じゃないし、解決したいのかどうかすらわからない。胸の中にはもやもやとした混乱があるだけだ。

そしてそれを脩司に知られたくはない。この感情が一体なんなのか教えてほしい。悪いことなのかそうじゃないのか誰かに決めてほしい。

自分はもうとても弱くなってしまった。一人では心ひとつも抱えきれないぐらいに。


「律くんとデートなんて、なんかちょっと不思議な感じだね」

日曜の午前中に待ち合わせた嶌田千衛子《しまだちえこ》は、明るいカフェの窓際の席で微笑んだ。親友の彼女は三つ年下の二十二歳、雑貨屋勤めの女の子だ。

「ごめんね、急に呼び出して」

「ううん。今日は遅番だし。電話もらって嬉しかったよ」

「そう？」

「これであたしからも律くんを呼び出せるなーって気が楽になった。いつも克己と三人だから、彼のこと愚痴《ぐち》ったりできないでしょ」

「ちーちゃんでもそんなこと言いたいときがあるんだ」

「あるよ。すっごくつまんないことだけど。喋ったら気が済むみたいな」

子猫のような顔をした彼女は、克己といるときはほとんど化粧をしない。その上華奢で小柄な人だからかなり幼い印象があったけれど、今日は仕事用のメイクをして長い髪を潔くひとつに括《くく》っているせいで、だいぶ大人っぽく見えた。

「で、聞いてほしいことって何？　克己のことじゃないんだよね」

綺麗にマニキュアを施した指でストローをつまんで、桃のティーソーダを啜りながら千衛子が言った。小さな顔に向かって律は頷く。

「俺も誰かに話したらそれで楽になる程度のことかもしれないんだけど」

克己ではなくその恋人に相談しようと思いついたのは、彼女が自分たちの関係を知っている友達で、好きな作家には会いたくないと言い張る脩司の愛読者だったからだ。

もしかしたら女性だということも理由のひとつかもしれない。同じようにごく自然に男に恋愛感情を持てる、だけど自分から一番遠い知り合い。

「なんか俺ね、最近、会ったばっかりの人に気に入られちゃって。それで困ってるっていうか、どうしていいかわかんないっていうか」

「会ったばっかり？　お店のお客さんとかなの？」

「……脩司さんの担当さん」

あらあら、とそれこそ猫みたいに目を丸くする彼女に、律は長い時間をかけてこの二ヶ月のことをすべて話した。

授賞式の直後に木崎と会ったこと、自分が小説のモデルではないかと言われて不安になったこと、それからのあらゆることにどう思い何を感じたか――このところ自分でもおかしいぐらい脩司に触れていないと不安になるということまで、包み隠さず打ち明けた。

要領を得ない律の話を聞き終えて、うーん、と千衛子は首を傾けた。

「とりあえずあたしがわかることから言うと、律くんがモデルっていうのはちょっと違うと思う。佐々原脩司の小説に食べ物の描写が増えたのはもちろんあなたの影響だろうけど、これが律くんだって指摘できるようなキャラクタはいないいんじゃないかな」

「そうなの?」

千衛子のひと言でほっとして力が抜けたが、彼女は考え込むようにして続けた。

「たしかに佐々原っぽくないヒロインとかは最近多いし、あたしは律くんを知ってるから、もしかして、って思うことはあるよ」

「お……思うんだ?」

「でも外見や性格が似てるってことじゃ全然ないの。あなたに会ったことない人が二十五歳の男の子と結びつけることなんて絶対ない。だって世界が違うから いる人も違うって感じだもん。

あたしが律くんで変わったっていうのは、その辺」

「世界観がどうとかっていう話？」

「うん、たとえば同じ景色を描いてるけど、厚塗りで叩きつけるみたいな油絵と、透明感のある水彩画みたいな違いっていうか。んー、ちょっとたとえが違うかな」

「……わかるようなわからないような」

「読んだらわかるよって言いたいけど。律くん、読まないもんね。克己も前のは嫌いだって言ってた。ストーリーは面白いけど人が無闇に死にすぎるし、情念が絡みついてきて頭がおかしくなりそうだって」

「ちーちゃんは昔のも好きなんだよね？」

「大好き。中学のときからファンだもん」

「そんなに前から？」

「そう。デビュー作が評判になってたから何気なく読んで、それでやられちゃったの。こんなに濃くて速い文章があるんだ！　って。でも最近のはもっといいんだよ。深くて透明で緻密《ちみつ》で、面白い上に感動する」

うっとりと言って氷で薄まったソーダを飲み、千衛子が目を上げた。

「だけど十年読んでるあたしでも、律くんっぽいキャラなんて挙げられない。その木崎って人、佐々原脩司を本当によく知ってるから『特定の誰か』のことを考えたんだろうね。それで、あなたに会ってこの子だって思った」

「付き合ってないっていうのは信じてくれたみたいなんだけど。――だからこんなことになっちゃったのかもしれないけど」

「それって要するに、ラブラブの彼氏がいるのに素敵な男性に言い寄られて、既成事実はなんにもないのに二股《ふたまた》かけてるみたいな心境。ってこと？」

「言い寄られてるってほどじゃないけど……やっぱりそうなるのかな」

「あたしは違うと思うけど、律くんはそう思ってるんじゃないかなあ。なんかいま聞いた話だと、律くんはその木崎さんって人に父性みたいなものを求めてるだけって気がするけど。でもそんなの、相手が本気だったとしたら言い訳になっちゃうもんね。そこはやっぱり恋愛じゃないって線引きしないと」

「俺だって引きたいけど、あの人の場合は区別が付けられないんだよ」

「どうして？」

冷めたカプチーノを啜り、律は溜息をついた。

「ちーちゃんにこういうこと言っていいのかわかんないけど、俺、脩司さんと付き合うまでは恋愛って相手と寝たいかどうかだと思ってたから」

もしも性的なニュアンスで口説かれていたら話は簡単だったのだ。それならきっぱりと拒絶できたし、こんなふうに惑い悩むことだってなかったはずだ。

「だから、そういうこと抜きで好きだっていうのがわかんなくて。俺だってあの人に触りたいとか寝たいなんて全然思わないけど、喋ってるとドキドキしてなんか楽しいみたいな感じがするし……」

「触れてみたいって願望が少しもなかったら、やっぱり恋愛とは言えないと思うよ。心の浮気ってお互いにその気があるけど恋人がいるからできない、って我慢してるから本当に悪いことなんじゃない？　他の人のこと考えながら彼氏とベッドにいるとか。それなら出来心で寝ちゃうのよりずっと不健全で罪深いことだろうけど」

「ううん、そんなんじゃない」

律は素直に首を振った。

「じゃあ違うんだよ、きっと」

「でも、だったらあの人の言う片思いってなんなんだろう。脩司さんの一番近くにいる人間だから編集者として気になるっていうのはまだわかるけど、なんであんな人が俺なんかのこと好きになったりするんだろう？」

苦々しげに呟くと、くるりとカールしたまつげをまたたかせて千衛子が小さく吐息した。

「律くんはもうちょっと自分の可愛さを知ってた方がいいよ」

「え？」

「ていうか、魅力？」

「何それ、ないよ、そんなの」

「だって佐々原に影響を与えるだけのものがあなたの中にあるって、それだけ魅力的な人だって確信したから、その人はあなたに対して熱心になったんでしょう？」

わからない、と律は言った。本当に理解できなかった。

「なんていうか……そう、あのね、克己って律くんのことすごく大切にしてるでしょ？　男の人ってだいたい彼女より友達を取るものだけど、それにしても特別優しい。まるで自分の弟とか子供みたいだって思う」

「ああ、うん、そんな感じかも」

「彼女的にはときどきそれが悔しいんだけどね。律は俺が守ってやらないとって言われても、あたしから見たらあなたは年上だし、彼氏もいるし、どうして克己まで持っていくの？　って思うこともあるの。言わないけど、たまに思うの」

いきなりの告白に面食らったけれど、親友がいつでも自分を優先しすぎることは知っている。

律は慌てて謝罪した。

「ごめん、ちーちゃん。それはほんとに悪いと思ってます。俺が克己を頼りすぎなんだよね」

「ごめんなんて言わせてこっちこそごめんね」

首を振った千衛子は、切ないみたいにかすかに微笑んだ。

「でも、それってきっとしょうがないんだよ。律くんはそういう人だから」

ストローでくるくるとグラスの中身を掻き混ぜる彼女のほっそりとした指には、小さな石が付いたリングが嵌《はま》っていた。克己が贈った誕生日プレゼント。

「無性に優しくしたくなるっていうか、この子をなんとかしてあげたいって誘い込まれちゃう空洞とか欠片《かけら》があるの。あなたはさっきそれを駄目な部分だって言ってたけど。他の人に優しくされて嬉しくなるなんて弱い、とか」

たしかに自分は、長い独白の間に自身についてそう説明した。けれど。

「俺には同情したくなるような傷があるから、ってこと？」

耳にした言葉が少しだけ痛く思えて呟くと、千衛子は一瞬はっとしたような顔をしてから俯《うつむ》いた。

「嫌な言い方だったなら本当にごめんなさい。……あたしは大人になった律くんしか知らないから、克己から聞いたことをすぐ忘れちゃうんだけど」

すまなそうに肩を縮めて彼女はますます声をひそめる。

「こういうの、あたしが知ってるのも嫌なことかもしれないけど、律くん、そういうの嫌いなんだよね。同情するみたいなことは禁句だって言われてたのに」

ツキン、と胸の辺りが疼いた。でもそれだけだった。

どんなことでも時間が経てばそんなものなんだと、変に静かな気持ちで律は思う。

「中学生のときだよ。嫌っていう前に忘れてた」

苦笑しながら正直に言うと、千衛子は細い肩をさらに小さくした。

「でも……好きな子だったって聞いてたのに」

「そうだったかも。克己はなんでも覚えてるんだよね、俺が忘れちゃう代わりに」

十年以上前のことだからいまではろくに思い出せない。

あのときどうして克己が傍にいなかったのかも、どんなきっかけがあったのかも忘れてしまった。覚えているのは、同じクラスの男子から何かの拍子に『松永は暗くて鬱陶《うっとう》しい』と言われたことだけだ。

『親がいない俺って可哀相とか一人で浸ってんじゃねえの？　黙って人のことじーっと見てたりさあ。そんな同情してくれなんて顔されても気持ち悪いんだけど？』

明るくてクラスでも人気のある彼のことが好きだった。誰にもそれを悟られたくなくて、離れたところから眺めるのが精一杯だった。だからそのとき目の前が真っ暗になった。

けれどその痛みも絶望感も、もうぼんやりとしか記憶にない。

「それ聞いたときはほんと腹が立ったんだよ。あとから克己がその子に、律に謝れって言ったって聞いてほっとした。ほっとしたからつい忘れちゃって、克己はなんでそんなに律くんに優しいの、ってやきもち焼いたりするのかもしれないけど」

「忘れていいよ、大したことじゃないから。似たようなことはちょこちょこあったし、いつも克己が助けてくれたしね。だから、平気。本当に」

少し瞳を潤ませかけた彼女は大きく息を吐き出し、それで気持ちを切り替えたみたいにまっすぐに律を見た。

「でも、あなたが嫌でも、人に弱さを見せないようにしてても、そういう陰みたいなものに誘われる人はどうしたってているから。佐々原はどうなのか知らないけど、木崎さんが惹《ひ》きつけられたのはきっと律くんのその部分だよ」

だけど、と律はほとんど空になったコーヒーカップに目を落とす。

「最初から俺の中身に惹かれて好きになってくれる人なんて、いままでいなかったし」

「恋をして綺麗になったんじゃない？」

使い古された台詞をさっくりと口にされて、一瞬ぽかんとした。

「だって律くん、会うたびに可愛くなってるもん。好きな人と暮らしてて仕事も楽しいから顔が明るくなったんだよね。それなのに、そんな綺麗な顔してるあなたの中に暗く光る欠片があって……ほら、律くんってときどき迷子みたいな目をするでしょ」

「自分ではわかんないよ、そんなの。本当に？」

「うん。ていうか、同情してくれって顔に書いてあったらみんな無視するよ。そんなの馬鹿みたいだもん。だけど律くんは自分を可哀相だと思わないようにしてるから、余計にちらっと見える色の違いが際立っちゃうんだよね。あたしでさえ怖がらなくていいよって言いたくなるぐらい。克己が守りたいっていう気持ちもわかるなーって」

「ちーちゃんにまで言われたら、俺、立場ない」

　ごめんねとまた繰り返して彼女は笑った。

「謝りついでにもっとひどいこと言うけど、あなたのそういう部分はなくならないと思うな。周りに対する引け目とか負い目とか、ずーっとずっと続くと思う」

「なにそれ、占い？　予言？」

「ううん。印象。たとえば、弱い部分を心の底に閉じ込めて開き直ったふりをすることはできる。誰だって頑張れば外から見て強くなることはできる。あたしはそう信じてる。でも、中にあるものが消えたりはしないから」

　断言する千衛子の口調に、律はふと、以前彼女を卵のようだと感じたことを思い出した。外側は固いのにすぐ割れてしまうほど脆《もろ》いもの。

「だから律くんはぐしゃぐしゃになってるんでしょ。木崎さんがその弱いところに触っちゃったから。痛い部分を包み込んでくれそうな人だったから」

「だったら」

　律は中身のないカップを持ち上げそうになってまた手を下ろした。

「俺は弱いってことを認めて、このまま――木崎さんが俺に飽きたり諦めたりしてくれるまでずっと嘘をつき続けるの？　俺はそんなの嫌だし、駄目だと思うんだけど」

「駄目っていうより間違ってるよ。……ねえ律くん、どうして嘘なんてついたの？　最初から恋人だって認めちゃえばよかったのに」

ああ、と律は長い溜息をついて背もたれに身を預ける。それができればこんな面倒くさいことにはならなかったのだ。

「だから無理なんだって。そんなこと言えない。あの人は脩司さんの仕事相手だし」

「編集者っていうのは作家を守る立場の人だから、佐々原の恋人が誰かなんて問題にしないと思うな。作家や作品に不利益になる秘密だったら、なおさら誰にも言わない」

「そうかもしれないけど、そんなふうに考えたことなかったし……」

律は彼女の大きな瞳を見、すぐに明るい窓の外に目を逃がした。

「ちーちゃんはゲイの男じゃないから、俺の怖さとか気の重さがわかんないんだよ」

「わからないから客観的な意見を言ってるつもりなの。律くんが気にしてるのは、ゲイじゃない人たちが律くんと佐々原のことをどう思うかってことなんでしょう？　でもそれ、そんなに気にすることじゃないよ。所詮《しょせん》みんな他人事《ひとごと》だもの。知り合いに同性と付き合ってますって告白されたところで、へえそう、ってしか思わない」

「……ちーちゃんの言うことってちょっと乱暴だと思う」

「でも木崎って人もそう言うに決まってるよ。律くんを好きになるような人が性別なんて気にすると思う？」

「それはまあ、そうだけど」

千衛子はふうっと息を吐き出して背を丸め、テーブルに頰杖《ほおづえ》を付いた。

「そもそも、強くならなきゃいけないなんて誰が決めたの」

独り言のように呟く声に、律は「え?」と首を傾げた。それが聞こえなかったみたいに小さくなっていた彼女は軽く眉を寄せ、

「うーん、冷たいの飲んだら冷えちゃった」

言うなりぱっと背を起こしてホットのチャイを注文した。つられて律もお代わりを頼む。

「なんかごめんね、ちーちゃん」

「何が?」

「なんとなく。鬱陶しい相談しちゃったかなって」

「いちいちあたしの気持ちまで考えなくていいんだよ」

悩んでるのはそっちなんだからねと、千衛子は呆《あき》れたような顔をした。

「あたしは何が正しいかなんて知らないし、友達を励ましたくて見当違いのことをだらだら喋ってるだけかもしれないし。だからいいの。言いたいこと言って、それでちょっとでも律くんがすっきりしてくれたら、それでいい」

「ありがとう。助かった気がする。……ほんとありがと」

「お礼なんかいいんだって。その代わり、今度克己の愚痴を聞いてね」

それから追加のドリンクをゆっくりと飲み、いまから仕事があるという彼女と店を出たとこ

ろで別れて、律も『プレジール』に向かった。

なんの答えも出なかったけれど、いまにも壊れてしまいそうな不安は不思議と消えていた。


十月の夜気にほんのりと甘い香りが漂っていた。どこかの庭でキンモクセイが咲いている。

午前中に千衛子《ちえこ》に洗いざらい話すことができたおかげか、今日は余計なことを考えずに仕事ができた。運良く残り物の食材も分けてもらえたし、それを使って一品増やして、脩司《しゅうじ》とのんびりワインを傾けたりするのもいいかもしれない。

思えばこのところそんな余裕もなく彼を求めていたような気がする。

(本当におかしかったんだなあ、俺)

千衛子が自分を安心させるために積み上げてくれた言葉が、落ちていく気持ちをクッションのように受け止めてくれた。そんな感じがした。出口はまだ見付からなくても。

「ただいまー」

返事も物音もなかった。寝ているのかもと思いながら台所に荷物を置き、手を洗ってから二階に上がったが、寝室も空だった。

「ただいま、脩司さん。仕事中？」

仕事部屋の襖《ふすま》を開いてもう一度挨拶《あいさつ》をすると、「おかえり」とぼそりと答えて脩司が吸いかけの煙草《たばこ》を灰皿に押しつけた。室内には紫煙が垂れ込めている。

「もしかしてもうすぐ締め切りだった？」

「いや」

振り返った脩司は眼鏡《めがね》をかけていなかった。パソコンの画面も暗い。いつもと様子が違う。

「ちょっとこっち来い」

低い声が苦く響いて、軽くなったはずの胸が不意に竦《すく》んだ。

「……どうしたの？」

傍《そば》まで近寄って小さく問うと、脩司はぎしりと椅子《いす》の背を軋《きし》ませた。

「それは俺の台詞《せりふ》だ」

ジーンズに包まれた長い足を組んだ脩司の表情は、なぜか厳しいほど真剣だった。かすかに寄せた眉《まゆ》の下から、黒い瞳が射るように見上げてくる。

「なあ、律《りつ》。俺は何度も訊《き》いたよな、最近変じゃないかって」

「訊かれたけど……別になんにも」

「ないって言うのか？　木崎《きざき》さんとこそこそ連絡取ってて？」

思いがけない台詞に律は目を見開いた。いつから気付かれていたのだろう。

「こそこそって、あれは」

どう言えばいいのかと瞬間迷った。ここで全部言ってしまうべきだと思った。だけどまだ心の準備ができていない。だから迷って口籠《くちご》もってしまった。脩司が深く溜息《ためいき》をつく。

「二人でメシ食いに行ったんだってな」

「知ってたの……?」

今度こそ本当に愕然《がくぜん》とした。電話のことならわかる。脩司がそんなことをするとは思えないが、何かの拍子に携帯の着信履歴を見られたのかもしれない。

でも、あの日のことは。

「どうして黙ってた」

ぐっと脩司の眉間《みけん》が狭まる。見据《みす》えてくる瞳に徐々に苛立《いらだ》つような気配が混ざりはじめて、律は何をどう言えばいいのか定まらないまま口を開いた。

「いつ?　そのこと……いつ知ったの?」

「さっきあの人と電話したときにおまえの話になったんだよ。最近律の様子がおかしいっつったらそんな話をされた」

秘密にすると言ったのに——思ったが、すぐに無理もないと察した。

「受賞してからこっち、ずっとおまえは不安定だった。それが心配でしょうがねえって言ったら、自分のせいかもしれないって謝られた」

傍にいる人間が不調になったときの脩司を知っているせいだろう。

ホテルで見かけた翌日に律を食事に誘ったと、木崎は即座に告白したらしい。それから律への感情と、たまに電話をしていることも。

『律くんは男に言い寄られて内心動揺していたのかもしれないな。僕はおまえの仕事相手だから、機嫌を損ねちゃまずいとでも思って悩んでたんじゃないか？』

律との約束と脩司の悩みを比べれば編集者にとっては小説家の方が重たいのだろうが、それでも彼はこちらが言わないでくれと頼んだことは隠し通してくれたようだ。

けれどもちろん律の嘘の上に成り立つ弁解を、脩司は少しも信じていなかった。

「本当にそれだけなのか？」

大きな動物のように強く睨《にら》みつけられて、律は恐怖よりも畏怖《いふ》に近いものを感じながらぎこちなく頷《うなず》いた。

「それだけ。……本当に一回奢《おご》ってもらっただけだよ。電話はかかってきたけど、手が触ったのだってここで名刺もらったときだけ」

「何もないならどうして黙ってたんだ？　メシ食いに行ったってそれぐらい、なんで」

「あのとき、なんか、言いづらかったから」

「なんでだよ。なんなんだ!?」

ガタ、と椅子を鳴らして脩司が立ち上がる。

「全部話せ。隠してることがあるならいまここで全部言えよ！」

大きく一歩踏み出してくる彼の剣幕に圧《お》されてびくりと後退《あとずさ》った律は、咄嗟《とっさ》に頭を庇《かば》うように腕を上げた。瞬間、空気が凍った。

「……律」

脩司が茫然《ぼうぜん》と呟《つぶや》いた。

「俺が嫌になったのか?」

おそるおそる目を開けると、自分の細い手の向こう側に脩司が突っ立っていた。怒りではなく驚きに打ちのめされたような、痛ましいほど悲しい顔で。

「違う……脩司さん」

膝《ひざ》からすうっと力が抜けた。後悔に押し潰《つぶ》されそうになりながら律はその場に蹲《うずくま》る。

殴られる——そんなふうに怯《おび》えて丸めた背や上げた腕が本当に彼を傷付けてしまった。それは明らかだった。ものに当たることはあっても、決して他人に暴力をふるうような人間ではないと知っていたはずなのに。

「ごめん。ごめんなさい、脩司さん、……そうじゃないんだ」

耳の奥で聞こえない音がしていた。体の中をざあざあと駆け巡る血の音。手のひらに冷たい汗が滲《にじ》む。室内には沈黙が広がった。

何秒か何十秒かわからないけれど、短いはずのその時間がとても長かった。

「——おまえが自信をなくしてるのは知ってた」

乾いて掠《かす》れた声が、すぐ近くに落ちてきた。

「俺が遠くなったとかなんとか、また馬鹿みてえなことで不安になってるんじゃねえかって、心配はしてたんだ。おまえは自分を低く見積もる癖があるからな」

　空気が動く気配におずおずと顔を上げると、座り込んでしまった自分の前に静かな動作で脩司が腰を下ろすところだった。

「気付いてるのにケアしてやれねえのは歯痒《はがゆ》かったが、たぶんあの騒ぎで疲れてるんだろうと思ってた。ゆっくりできる時間が取れればすぐ機嫌が直るはずだって。なのにおまえはいつまで経っても、何回訊いても黙ってる」

　嘘をついてごめんなさい、わざとじゃない、騙《だま》したくなんてなかった、言えなかっただけなんです――めまぐるしい速度で脳裏に言葉が明滅していたが、どれも正解ではなかった。それはみんな本心だけれど、いまこの場では正しくない。

　暗く冷たい熱を帯びた脩司の声を打ち消すものは謝罪や言い訳じゃない。

「愛してるだのなんだのって、素面《しらふ》じゃ言えないような台詞もおまえには散々本気で言ってるんだ。俺がどれだけ大事に思ってるかなんて知ってるはずだし、俺たちの間に隠し事なんてねえと思ってた。それなのに、おまえは木崎さんのことを隠してた」

　投げ出された脩司の片足が、ぺたりと座り込んだ自分の足に触れている。

「どういうことなんだ？　全然わかんねえよ、律」

　彼は立てていた方の膝を抱え込み、重苦しい息を吐き出した。

「ああ、くそ……」

両手に力をこめ、体に強く膝を押しつけて低く呻《うめ》く。

「痛くてたまんねえ」

その言い方はまるで、気持ちを伝えるほどの語彙《ごい》を持たない子供のようだった。文章のプロなのに喋《しゃべ》ることが苦手な脩司。この世で一番自分を好きだと言い切る、自分が一番好きな人。

胸を衝く感情に押されて律は手を伸ばした。

「——痛いなんていらないのに」

頭に浮かぶどれでもなく、空中から取り出したみたいに透明な言葉が口をついた。

なぜだろう、誤解を解くとか許しを請うとかよりも先に慰めたかった。

「俺のせいで痛くならないでください。そんなの間違いだから」

近付きたい気持ちに任せて、頰《ほお》に当てた指先をそのまま髪に滑り込ませる。

「お願いだから傷付いたりしないで。俺はそれが怖かったんだ。だから黙ってた。余計なこと考えてほしくなかったから。ねえ、泣かないでよ、脩司さん。もしあんたが泣いたら、どうしていいかわかんない」

膝立ちになって両手で彼の頭を包み込む律を見上げて、脩司は口元をわずかに歪《ゆが》めた。

「泣きそうなのはおまえだろ」

柔らかく肩を押し戻されて、また畳に腰を落とす。彼の手に薄い手首を握られた。

同じ水の中にいるみたいだった。

外から見たらきっと馬鹿馬鹿しいことだろう。脩司を困らせたり嫌な気持ちにさせたりしたくなくて嘘をついた。その気遣いが裏目に出て彼を怒らせた。そんなのよくある齟齬《そご》かもしれないし、たいしたことじゃないのかもしれない。

なのに自分たちはこんなに必死だ。

他の誰でもなく自分と彼だから、こんなに真剣に次の言葉を探している。

「いまさら言うことじゃないけど」

律は本当に慎重に口を開いた。

「一瞬でも誤解してほしくないから言っておく」

信じたいし、信じてほしい。二人の間にいま息をこらして横たわっている互いの思いを壊してしまわないように、そっと告げる。

「俺は脩司さんが好きだし、あんたしか欲しくない。……知ってるよね？」

頷く代わりに脩司の眉がかすかに開いた。

それで少しだけ息が楽になる。

「木崎さんに食事に誘われたとき、脩司さんの話が聞きたいって言われて、少し迷ったけどついてった。あんたの恩人がどんな人なのか気になったし、あの人ならあんたも嫌な顔しないと思ったから」

「……しねえよ、当たり前だろう？　わかってんならなんで黙ってたんだ」

「木崎さんといて、楽しかったから」

　脩司の表情がまたちょっと険しくなる。

「最初は怖かったんだ。佐々原《ささはら》脩司の恋人なんだろうって言われてすごく焦ったし。違うって言ったのに、でも俺が脩司さんのこと好きなのは見ればわかるとか言われて。しょうがないから片思いだってことにしたんだけど」

「そんな嘘つくぐらいなら本当のこと言っちまえばいいだろう？」

「言えるわけないじゃん。俺だけのことならいいけど、あんたは有名人なんだよ？」

　くだらねえ、と脩司が口の中で呟いた。くだらなくないと律は頭をひとつ振る。

「俺があんたにとって重要だっていうのは小説を読んだらわかるって……他の人にも言われたことあるけど、木崎さんの言い方は怖かった。もしあの人の言う通りだったら、俺と付き合ってるってことが読む人みんなにばれちゃうんじゃないかって、そう思ったから絶対に認められなかった。でも嘘をついたのが申し訳なくて、脩司さんにも悪いみたいな気がして、あのときは言えなかったんです」

　木崎とはもう会うこともないだろうから忘れてしまえばいいと思った。不安な気持ちをわざわざ脩司に話す必要はないと思った。

　そんな説明に苦々しい顔を崩さない脩司を見つめて、律は続けた。

「あの人は脩司さんの近くにいる人間だから俺に興味があるって言ってたけど、まさか綺麗《きれい》とか、片思いしてるとか、そんなこと言われるなんて考えてなかったから……」

「だからおまえは可愛《かわい》いんだっつってんだろ！」

不意に声を荒げた脩司に面食らって、律は一瞬きょとんとした。

「……何そのキレ方」

怖い顔をして何を言うかと思えば。

言葉の中身が頭に届いた途端、思わず律は噴き出した。そのひと言で底が抜けたみたいに重苦しさが一気に流れ落ちていく。そうだった。いつだってこの人の言葉ひとつで自分の気持ちはあっさりと色が変わるのだ。本当はこんなに簡単に世界が回る。

「笑い事じゃねえよ」

苦虫を嚙《か》み潰したような顔で頭をぐしゃぐしゃにされた律は、その手をくぐって正面から彼に抱きついた。

「あんたに嫌な気持ちになってほしくなかったんだよ」

広い背中に腕を回してぎゅっと力をこめる。

「一緒に仕事するって聞いてからずっと言わなきゃって思ってたけど、余計な心配かけたくなかったし」

「おまえが妙な態度でいる方が心配に決まってんだろ」

言いにくいことを言葉にするために、律は彼の肩口に顔を押しつけた。

「怖かったんだ、俺の気持ちを話すのが」

薄手のセーターに染み込んだ煙草の匂《にお》いを吸い込み、小声で核心に触れる。

「あの人に好きだって言われて嬉《うれ》しかったから。……俺が脩司さんのことを好きなのは知ってるし、付き合ってほしいなんて思ってない、喋るだけでいいんだって、俺の中身が知りたいんだって言われて、それが気持ちよかったからあんたに話せなかった。心配させると思ったのはそのこと」

腕の中で脩司が長い溜息をつく。

「自分でもわけがわかんなかったんだ。脩司さんしか好きじゃないのに嬉しいなんておかしいとか、嘘ついてるのが苦しいとか、色んなことがぐちゃぐちゃになっちゃって。木崎さんのことより、俺のそういう気持ちがあんたを傷付けるのが怖かった」

「おまえは俺をなんだと思ってんだ？」

吐き捨てるみたいに言って脩司が後ろ手に手をついた。

「人に好かれて嬉しいなんて当然だろ。嫌とか傷付くとか、おまえん中で俺はどんだけ度量が狭い設定になってるんだ？」

拗《す》ねたような色を浮かべた顔を見て、律は小さく答える。

「だって脩司さん、だいぶ心狭いし」

チッと舌打ちし、ふて腐れた素振りで彼は呟いた。

「そりゃまあ、わかってるけどな」

十月の部屋はかなり冷え込んでいた。律はようやくそれに気付く。脩司は畳に両足を放り出し、彼と向き合う律はその長い足の間で正座していた。真夜中なのに窓の外がなんとなしに明るかった。今日は満月なのかもしれない。キンモクセイの香る秋の夜。

「……俺は独占欲が強い男だ。おまえが他の奴となんて考えるだけで頭が煮える」

俯《うつむ》いた脩司がぽつりと言った。

「だけど、もしおまえが本気なら仕方ねえって思う程度にはおまえが好きなんだよ」

「脩司さん？」

やっと言えたと安堵《あんど》しているところにその告白は唐突に響いて、律は顔を跳ね上げる。

「泣いて暴れて捨てないでくれって懇願するだろうけど、結局おまえを行かせるに決まってる。相手が木崎さんみたいな奴ならしょうがねえ」

「何言ってんの、違うって言ったじゃん。俺、あの人が好きなんじゃないって」

「仮定の話だ。それぐらい愛してるっつーことだよ」

いつもの調子で言ってからすっと持ち上げられた視線が、不意に縋《すが》るように胸に迫った。

「だからもし万が一他の誰かに気持ちを持っていかれることがあったら、俺には真っ先に教えてくれ。おまえはもう俺の一部なんだ」

脩司の声は静かだった。自分の中にあるものを暗い光と千衛子は言ったけれど、彼の瞳に見えるものはきっとそれとは違った。

「俺が……あんたの？」

黒くて果てのない深淵《しんえん》。どこまでも透き通った、これは暗いものなんかじゃない。心を奥まで貫いて縛りつけてしまう磁力。

「たぶん、木崎さんがおまえに言ったことは全部正解だったはずだ。俺に『水滴』が書けたのは律が傍にいたからだし、おかげで賞が獲れた。これから書きたいテーマだってそうだ。おまえをたまらなく可愛いと思う、そういう相手と暮らしてる。いまのこの状態の俺の中から湧《わ》き出してくるものがあって、それを俺は文章にしたい。おまえはもう俺の仕事にも日常にも欠かせない存在だから」

逃げ場がないほどまっすぐな瞳で脩司は言った。

「だから、俺の知らないところで俺のために悩んだりするな。自分のことを何も知らないなんて俺には我慢できねえ」

詰めた息を吐き出すと、目頭がじわりと熱くて痛かった。

「だいたいおまえが嫌がるから言わないようにしてるだけで、俺には律って人間のことを編集に隠す必要なんてないんだよ。べらべら喋る気はねえが、無理にごまかすことでもない」

律を胸に抱き寄せて、言い聞かせるように脩司が囁《ささや》く。

「木崎さんは俺の母親のことも知ってるって言っただろ？　だけどあの人は他の誰にもその話をしてない。きっとおまえの前でも自殺って言葉は出さなかったはずだ。編集者ってのはそれぐらい口が堅いんだ。いまさら何かばれたところでどうなるもんでもねえよ」

「今日、ちーちゃんにもそう言われた」

「……他人に相談する前に俺に言え」

むっとしたような声に苦笑し、まつげの縁を越えて一滴だけこぼれた雫《しずく》を拭《ぬぐ》って「今度からそうする」と答えると、彼は冷え切った畳から腰を上げておもむろに電話をかけはじめた。

午前一時近かった。

「木崎さん？　遅くにすみません。さっきの話なんですが」

こんな時刻なのに相手は普通に電話に出たらしい。

会社員とはいえ、やはり編集者も小説家と同じぐらい不規則な生活なんだろう、朝は遅いみたいだったたし。思いながら律は脩司の背中を見上げる。黒い髪、シンプルなセーターに包まれた肩のライン、くたびれたジーンズを穿《は》いた長い足、大好きな人の輪郭。

「いや、――さっきは事情がわからなかったから一応差し控えたんだけど、ああ、律と話をしたから、ひと言言っておこうと思って」

脩司はそして何気ない口調で続けた。

「あんたには悪いけど、律は俺のもんだから。こいつは俺の大事な恋人なんだよ」

真正面からそう告げて彼は返事も待たずに受話器を下ろす。

こんなこと、と律は息が止まるような気持ちで胸に呟いた。

(俺はこんなことしてくれる人、夢見たこともなかった)

自分のすべてを手放しで好きだと言ってくれる人がいたら幸せだろう。おとぎ話みたいにそんな想像をしていたけれど、ここまでの恋人を望んだことはなかった。

――律は俺のもんだから。

おそらく相手が木崎ではなくても、何かもっと大きな場面でも、必要とあればこの人はきっと平気でそれを認める。松永《まつなが》律は自分の最愛だと臆面《おくめん》もなく言ってのけて後悔したりしない。馬鹿げたことかもしれないが本当にそんな感じがした。

「律?」

どうした、と振り返った脩司が手を伸ばしてくる。自分がどんな顔をしているのかはわからなかった。頭も心も空っぽになって、ただ、脩司がいま目の前にいるという事実だけがこの世の意味のような気がした。

自分という小さな世界は、この人のためにあった。その瞬間、律はそれを信じた。

未明の台所であり合わせの食事をした。

瓶《びん》詰めのアンチョビを載せたトースト、トマトとレタスを切っただけのサラダ、昨日の残りのビーフシチュー、脩司が開けてくれた室温の赤ワイン。向かい合って顔を見るより近くにいる方がよくて、彼の席の隣に座った。

「おまえが木崎さんに参っちまわなくてよかった」

体ごとこちらを向いた脩司の膝が足に触れている。

「俺が言うのもおかしいが、おまえは年上の男に弱いだろう?」

しかもあの人は男前だし仕事もできる。自分だって木崎に落とされた口だから、彼がどれぐらい魅力的かなんてよくわかっている。脩司は独り言のように言って、律の頰に手を当てた。

「俺を選んでくれてよかった」

大きな手のひらの乾いた感触。指先にそっと耳をなぞられて首から胸まで肌がさざめく。甘い気持ちよりも切なさが込み上げてきて、律は首を振った。

「選んでなんかないよ」

好きを越えて愛だと思ったことがあったけれど、ここはまだ恋愛の真ん中だった。

どれぐらい深く潜れば果てに行き着けるのだろう。どれぐらい先まで歩けば次の扉があるのだろう。恋なんて曖昧《あいまい》なものに頼らずに二人でいることが当たり前になる、そんな日がいつかくればいいのに。

「あんたに会ってから、俺には佐々原脩司以外の選択肢なんてない」

「……そうか」

それとも境目なんてないのだろうか。このまま好きと愛しているの間で浮き沈みし続けるのだろうか。引き寄せられて抱き締められることも、キスも。動きにも呼吸にもどこにも澱《よど》みはなくて、時間が流れて風が吹くのと同じような感じがした。

その穏やかな気持ちのまま一緒に風呂に入ったけれど、なだらかな夜はどこまでも滑らかに続いているみたいだった。

だから抱き合って、子供みたいに安心しきって眠った。

どこかで電話が鳴っていた。


木崎が現れたのは昼過ぎだった。

深夜の電話のあと彼は何度か自宅や携帯を鳴らし、それから脩司の携帯に三度メールを送ってきた。

午前二時の『謝りたい。落ち着いて話をしよう』。三十分後には『連絡請う』。

そして『取り急ぎそちらに向かう。急な用件で申し訳ありませんが、外出は控えるようお願い致します』というのが朝の十時頃。

業務用らしい定型文混じりの文面が彼の取り乱した気持ちを表している気がして、返信した方がいいのではないかと言ってみたけれど、「放っておけ」と無造作に言われた。

「俺のもんに手出ししたんだ、それぐらい慌てさせたって別にいい」

「手なんか出されてませんってば」

それでも休みを取って来るのだからそこそこ時間もかかるだろう。

そう考えていたから、その日の午後早くにやってきた木崎の姿を認めて律は相当驚いたのだ。

三通目のメールは東京《とうきょう》を発ってから送信したものだったらしい。

「思ったより早かったな」

「そりゃあ急いで来たんだから当然だ。電話も取ってくれないいんだからな」

言葉とは裏腹に、脩司の顔を見た途端に何もかも理解したみたいに木崎は苦笑して、一歩後ろに控える律に目を移した。

「律くん。それならそうと早く言ってくれればよかったんだ。知っていたら僕だってあんな無粋な真似《まね》はしなかった」

ここひと月の電話ですっかり耳慣れてしまった穏やかなトーン。何をどう答えればいいのかと律が緊張に身を強張《こわば》らせたら、「いいから上がれよ」と脩司が笑って言った。

「玄関先ですませる話じゃねえだろ」

今度こそ居間で待っていてほしかったのだが、脩司は木崎を台所に通してしまった。

さすがに二人が一緒にいると気まずくて、彼らと同じテーブルに着くのも少々ためらわれたし、ついでに木崎にコーヒーを出すのもなんとなく避けたくて、律はシンクの横に急須《きゅうす》と湯飲み茶碗《ちゃわん》を用意する。

「まあ実際のところ、おまえと彼の間に何もないとは思わなかったんだが」

きっとお湯が沸く頃には気分も落ち着くだろうと思っていたのだけれど、広いダイニングテーブルの席に着いた木崎が単刀直入にそう切り出したから、急須に茶葉を入れる手がちょっと滑ってしまった。

「律くんはおまえに片思いをしていると言い張っていたからな。何かあったとしても現在進行形じゃないと判断してしまった。あるいは二人の間の感情に温度差があるんだろうと」

「あんたらしくねえな、こいつの言ったことぐらいで直感を翻《ひるがえ》すなんて」

木崎の向かい側でテーブルに肘《ひじ》をついた脩司が、わずかに眉を寄せる。肩越しにそれを見ていたたまれない気持ちになり、律は二人に背を向けてコンロの火を止めた。

「僕自身が彼の言葉を信じたかったんだから仕方ない。希望的観測ってやつだよ、担当作家の恋人だったら好きだと口に出すこともできない」

「……そんなに本気だったわけか」

「冗談だったらタチが悪いだろう？」

わずかに苦い脩司の声に、平然と木崎が答える。

「だが男として本気だったかと言われたら答えに迷うな。なにしろこんな気持ちは二十年ぶりなんだ。おまえは信じないかもしれないが、声を聞くだけで満足するような純真さがまだ己の中にあったってことに、自分でも驚いているぐらいだ」

「あんたがそう言うならそうなんだろ、こっちには信じないっつー理由がねえよ」

　そこで会話が一度途切れた。

　タイミングを見計らっていた律が湯飲み茶碗を手に振り返ると、二人はさっきと同じ姿勢のままなぜか黙ってこちらを見ていた。

「っ、……え？　何？」

　驚いて一瞬びくっとなったら、彼らはまるで微笑《ほほえ》ましいものを目にしたときのようにそれぞれのやり方で小さく笑った。

「なんなんですか、二人とも」

　なんでもない、と脩司に言われ、少し耳を火照《ほて》らせながら三人分のお茶を置いて、律はようやく椅子に腰掛ける。

「迷惑をかけて悪かったね、律くん」

　木崎は一口お茶を飲んでから言った。

「佐々原にもすまないことをした。おまえを心配させるようなことは誓って何もないが、律くんを混乱させたことは謝る。結果的に言えば順番を間違えたんだろう。たぶん律くんと二人きりで会うべきじゃなかったんだ。彼に対する感情は僕としても予想外のものだったが、なんであれ、先におまえに確認を取るべきだった」

「訊かれても同じだったかもしれねえな。こいつは俺が彼氏だってことを知られるのをやたらと嫌がるんだ」

「逆だよ、脩司さん」

聞き捨てならない台詞に眉をひそめて、律は隣の恋人に囁いた。

「俺があんたと付き合ってるっていうのがまずいの」

「そんなもんどうだっていいんだよ。つまんねえことにこだわるのやめろよな」

どうでもよくはなかったけれど、じろりと睨《ね》めつけられて口を噤《つぐ》む。

「きみが気後れする気持ちはわからないでもないが、律くん、佐々原なんてそうたいしたもんじゃない。こんなの小説が書けなかったらただのクズだ」

「は？」

なんだかすごいことをにこやかに告げられて、今度は飲みかけたお茶をこぼしそうになってしまった。この大人は本人の目の前でなんてことを言うのだろう。

「作家なんてそんなものだよ。創作しなくては生きられない人間はみんなそうだ。他のことでは役に立たない。そもそも自分の妄想に執着して一人で夜通し書き続けるなんて、まともな神経をした人間のやることじゃない」

「いつもそう言ってるんだけどな、俺にはおまえがいなきゃ駄目だって」

「だけど佐々原脩司はいい作家だ」

言って、木崎は真面目な顔で律を見つめた。

「律くん、僕は昨日できみを諦《あきら》めたよ。こう言うと軽く聞こえるのかもしれないが、もちろんいい加減な気持ちで好きだなんてことは言えないし、きみへの感情を手放すのは本当に惜しかった。だが僕は僕自身であるより前に編集者だ。作家のパートナーを奪うようなことはできない」

きっぱりとした彼の口振りに、「うん？」と脩司が眉根を寄せる。

「あんた、自分がその気だったら律をかっさらうのなんて簡単だって言ってねえか？」

「彼に好かれる自信は少なからずあった。だからすまなかったと謝ってるんだ」

「木崎さんが謝ることないです」

まつげを伏せ、湯飲み茶碗を囲うようにした両手の指先を合わせて律は言った。

「悪いのは全部俺だから。嘘ついたのも、付き合ってることを内緒にしてほしいって脩司さんに頼んだのも俺だし。いまだって会社休んでこんな遠くまで来させちゃって……なんかもう、本当にすみませんでした」

「いいんだよ、きみは僕を拒んだんだから。おかげで助かった」

「拒んだから……ですか？」

「ああ。これがきみにとって失礼な言い方じゃないといいんだが、佐々原の支柱を引き抜くようなことをせずにすんで正直ほっとした。いまの僕にとって一番大事なのは佐々原脩司の作品で、それに比べたら自分の感情なんて取るに足りないものだからね」

「編集のそういうとこがわかんねえんだよな」

脩司が煙草に火をつけて独り言のトーンで呟いた。

「そりゃあおまえが作家だからだ」

木崎は少し笑って、

「編集者っていうのは原稿のためなら命を賭《か》けるものなんだ、作家が魂を削って書いた原稿を受け取るんだから、それぐらいの覚悟はしてるさ」

当たり前のようにそう言った。

(ああ、そうか)

そういうことかと、木崎の声の説得力とはまた別のところですとんと腑《ふ》に落ちた。

脩司の仕事はやはり『単なる仕事』以上の何かなのだろう。時間や能力の切り売りではなく、頭と心にあるものだけで何かを作り出すこと。そうやって自分自身を削るしか、彼に生きる方法がないということ。

「僕が責任を持って命を預かるから、佐々原はただ書けばいい。そういう職業だし関係なんだ。律くんのように食材や客というたしかな存在がいつも目の前にある人には、物語が実生活よりも重要だなんて話は奇妙に思えるかもしれないが」

「わかります」

律は小さく笑って首を振った。

「なんかわかった気がします。俺の仕事は相手も見えるし形もあるけど、食べてもらったらなくなるものだし、やっぱり心の部分でやってることも多いから」

「ふうん？」

どんなふうに、と脩司が灰皿を引き寄せてこちらを見る。その反応こそ小説家の好奇心だろうと思いながら律は口を開いた。

「なんていうか……俺の父親はなんてことない洋食屋のマスターだったけど、味と一緒に時間とか、思い出を食べてもらってるんだっていつも言ってて」

——一回の食事がどれだけ大事なことかって、みんなあんまり考えないのかもしれないけど、いい家に住んですごい車に乗るより、好きな人とごはんを食べている時間や、悔しいときに思いがけずおいしかったごはんの思い出の方が素晴らしいときもあるんだよ。だからね、律。お父さんはお客さんが、食べてる間は幸せな気持ちでいてくれるといいと思ってる。にこにこして、ただおいしいねって言える料理を作りたいっていつも思ってる。

唯一の家族だった父の、あの温かな声。

思い出すととても柔らかい気持ちになるけれど、亡くなって十五年も経つのにこんなにはっきりと覚えているということ自体、たぶん少し病的なのだとは思う。他のことはすべて忘れて父の記憶だけを残そうとしてきた自分の、これが弱くて脆《もろ》い部分なのだろう。でも、この優しい思い出にはそうするだけの価値があったはずだ。

「コックってそんなに楽な仕事じゃないんです。一日中立ちっぱなしだし、重いものも熱いものも持つし、長時間労働だし、気を抜くと怪我《けが》するし。それでも俺はお客さんがおいしいって笑ってる顔が見たい。父が作りたかった料理を作りたい。子供のときから本当にそれだけが夢で、だから、木崎さんとか脩司さんの仕事にも理屈じゃないぐらい大事なことがあるっていうのはわかるし、人の気持ちを動かすものを作りたいって気持ちも、それがどれだけ大変なことかっていうのも、きっとわかると思います」

「大変だよ。作家は夢の中でも小説のことを考えているからね、二十四時間仕事中だ」

「俺はそこまで破綻《はたん》してねえよ、人として」

木崎の台詞に脩司は苦い顔をしたが、

「でも脩司さんはときどきそうだよ」

「そうじゃないならそうなるように努力しろ」

律と木崎の声が重なって、灰を落とそうとした彼の指がそのまま灰皿の縁で煙草を折った。

「俺が大事ならあんたはもうちょっと俺に優しくしてくれ。っつーか律、ときどきそうってなんだ。ときどき俺は駄目人間だって?」

「ときどき夢でも小説のこと考えてるって話。締め切り前とか、仕事中みたいに眉間に力入れて寝てますよ。あれ、余計に疲れるんじゃないかって思うんだけど」

「……なあ、佐々原。僕はいまふられた男として嘆いた方がいいのか、大人として二人の寝室が同じだということを聞かなかったふりをした方がいいのか迷ってるんだが、どちらの方がおまえを満足させられるだろう」

　はっとして顔を向けると、木崎が真顔で首を傾《かし》げていた。脩司が溜息をついて「訊くなよ」と肩を竦める。

「あの、なんか、ごめんなさい」

　律が頭を下げると、「気が済んだ」と木崎は破顔した。

「悪いね、憂さ晴らしだ。皮肉を言ったらすっきりした」

「わざとじゃないんですけど」

「わかってるよ。それだけ気が楽になったということだろう。本当に申し訳なかったね」

「謝らないでください。俺、あなたのこと好きだから」

　取りなそうとする勢いで言ってしまってから律はちょっと口籠もる。

「人として好きっていうか、素敵だと思うっていうか、その、そんな感じで……」

　言い淀《よど》み、そして思い切って顔を上げる。

「だから、これからも普通に付き合ってくれますか？　脩司さんの身内として」

「それはこちらからも頼むよ。携帯の番号は消さないでほしい。こいつとはいつ連絡が取れなくなるかわからない」

「んなこと言ってこいつにちょっかい出さないでくれよ」

新しい煙草に火をつけながら脩司が渋い声を出す。

「当たり前だ」

隣の椅子に載せたアタッシュケースに手を伸ばして、木崎はきっぱりと言った。

「以前も話したが、僕はこれからの佐々原脩司が書くものが読みたいんだ。――もちろん読者がフィクションに求めるものは非日常的な刺激やカタルシスだが、底や果てから帰ってきた人間の目に映る幸福な日常には書くべき価値があるはずだし、僕は自分が味わうためにもそれをおまえに書かせたい」

鞄《かばん》から数枚の紙を取り出した彼の目にすっとあの熱っぽい光が走る。

「というわけで、佐々原先生。おまえを思う僕のために身も心も削って抉《えぐ》って、一度と言わず何度でもすべてを出し切ってくれませんかね」

「そういう怖い言い方しないでくださいよ」

ソフトだが逆らいがたい声音に苦笑して、けれど差し出された何かの書類を受け取った脩司はすぐに真剣な顔付きになった。

律は立ち上がり、今度は丁寧にコーヒーを淹《い》れた。その間に二人は打ち合わせに没頭してしまい、再び席に戻った律はそれから意味のわからない話を飽きるまで聞いていた。内容は理解できなかったけれど、熱心な二人の様子を見ているのは楽しかった。

二時間ばかり話をしてから脩司が木崎を駅まで車で送ると言ったから、律もリアシートに乗り込んだ。そして彼らの会話を聞きながら、黙ってあることを考えていた。

「こんな時間だってのにやけに暗いな」

駅から戻る車中で、脩司がふと呟いた。

フロントガラスを見上げると、まだ夕暮れ前なのに平坦《へいたん》な灰色の雲がぺったりと空を覆っていた。切れ目から差し込む薄日のせいで凪《な》いだ海に似ていた。

「雨になりそうだ」

「うん」

それほど強くは降らないだろうと思いながら頷いた端から、かすかな粒がぱらっときた。信号待ちをする車に、こまかな水滴は降るというより舞い落ちてくる。

「……脩司さんは俺のことも書くんだよね」

さっきから考えていたことを口にして運転席に目をやると、眼鏡をかけ、ハンドルに右手を引っかけるようにした脩司の表情は特に変化がなかった。

「おまえに似せようと思って書いたことはねえけど、似た人間を無意識に想定してることはあるな」

信号が青に変わった。車が滑り出し、ガラスに当たる雨粒が速度の分だけ強くなる。

「それ、どう違うの？」

「似てるって言うと語弊があるかもしれない。書きながら漠然とおまえを思い出すっつーか、何かを描写しようとしてるときに、俺の頭の中にしかいねえ人間がおまえの姿や声と重なることがあるんだよ。まつげを伏せたときの影だとか、外の匂いをさせて帰ってくるところとか、書いてる間は色んなときの松永律が頭を過《よ》ぎる」

脩司はワイパー越しの街並みに少し目を細めた。

「俺の一部だって言っただろう？　もう切り離せないんだ。俺の引き出しにはおまえが入っちまってるし、俺が書く感情にはおまえの気配や匂いや温度が混ざってる」

ギアの上にあった彼の左手がすっと動いた。律は右腕に触れてきたその手を軽く摑む。

触れたらキスがしたくなった。

「おまえに会うまでは、書けなくなってもいいと思ってた。書く気力がなくなったらそこで人生が終わっても別にかまわない、自分がいつ消えても未練なんてねえと思ってた」

あのときなくしたから、と脩司が呟く。

もっと雨が降ればいい、と律は思った。

いっそ閉じ込められてしまうぐらい強くなればいい。誰にも見えなければいまここで車を停《と》めて、言葉の代わりにキスができる。なぜかそんな気分になった。

「元々俺は賞金目当てで書きはじめたんだ。作家になったのも稼ぐためだった。葉子《ようこ》のために金が欲しかったし、家でできる仕事なら傍にいられるだろう？　だけどあれが死んでからはそんな意味もなくなって、あとは借金を返してるような気分だった。取り立てられるから書くってだけだ。依頼が来るのは名前が売れたせいだ、その責任ぐらいは取らねえとって、そういう義務感だけでやってた」

窓の外ではか細く冷たい秋雨が黄色い街路樹の葉を濡《ぬ》らしている。手をかざして大通りの歩道を走る人がいた。自転車の高校生は首を竦めるようにして急いでいる。赤や紺や透明の傘がぽつぽつと咲いていた。

「でもおまえが俺の前に現れた。最初の日におまえが作ったメシはちゃんと味がして、久しぶりにうまいって感覚を思い出したよ。死んでも同じだろうって高を括《くく》ってたのに、五感が戻ってきたらそうもいかなくなった。まだこんなに俺を動かすものがある、まだ新しく書けるもんがある。おまえといるとそう思うんだ」

脩司がちらりとこちらを見て、つないだ手をそっと放した。

「だから俺は、古臭い考え方だが『作家という生き方』をしてもいいと思うようになった。スタンスが変わったっていうのはそういうことだよ」

「脩司さんは最初からそういう人だったんでしょう？」

創作しないと生きられない。木崎はそう言っていた。

「違うな。生活のために働くことと、仕事のために生きることは別物だ。売るためのもんを書くのと、書くためのもんを書くのは全然違う」

交差点を左に曲がる。フェンス越しに見えるがらんと広い公園には誰もいなかった。もうすぐ家に着く。律は一度目を閉じてシートに深く背を押しつけた。住宅街の路地を右に折れる感覚に目を開くと、小説家の自宅が見えた。

築何十年かわからない二階建ての一軒家は、雨に打たれながら自分たちを待っていた。


玄関のドアを閉めて、靴を脱ごうとする脩司を引き止めて長いキスをした。

「律」

「……何？」

瞳を覗き込んできた脩司は少し眉根を寄せて、何かとても言いたいことがあるような顔をしていた。その真剣なまなざしに律が息を詰めると、彼は「いや、なんでもない」とふっと肩から力を抜いた。

「先に片付けなきゃいけない用がある。そのあと一緒に風呂でも入るか？」

「うん」

風呂の用意をしてから律が二階に上がると、脩司は電話中だった。口調から相手がマナカ書店の藤島《ふじしま》だとわかった。彼がいくつかの用事をすませる間、律は思い立って脩司の本を一冊手に取ってみた。

脩司が入り浸っている『向こう側』、だけど『こちら側』と地続きの場所。いつか自分もそこで呼吸ができるようになるのだろうか。毎日少しずつでも触れていれば。

「終わったぞ」

パソコンの電源を切った脩司に言われて律が壁を埋め尽くす書架に本を返そうとしたら、戻さなくてもいい、とその手を止められた。

「それは大丈夫だ。読むなら持っていけばいい」

「大丈夫って？」

「そんなに人が死なない」

そう、と律は少し笑って、手の中にそれを戻した。

浴室には雨音が湯気と一緒に籠もっていた。さあぁ、という軽い響きが気持ちよく聞こえたから、体を洗ってから結露した窓をほんの少し開け、湯船に二人で身を沈めながら柔らかい音に耳を澄ませた。

「外にいるみたいだね」

灰色の空には日没前の薄明るさが残っているのに、人の気配は雨にかき消されて何もかもが寝静まった夜更けのようだった。望んだほど強い降りではないけれどこれで充分だと思う。

「そのうち温泉にでも行くか。露天風呂とか」

「たまにはいいんじゃない？」

脩司の唇がうなじに触れて、肩を揺らすと耳にキスされた。律は立ち上がって窓を閉め、彼の腕に戻る。肩越しのくちづけはすぐに深くなった。気持ちがとろりと溶けていく。

「嫉妬《しっと》なんかしねえと思ってたはずなんだけどな」

唇を離すと、低い囁きが濡れた耳を撫《な》でた。

「おまえがあの人に面と向かって好きだっつったのは、さすがにちょっとむかついた」

「嘘」

そんな素振りはなかったと笑ったけれど、いや、なんとなく、と脩司が溜息をつく。

「時間差で来た。っつーか、いまおまえを見てたらなんかな」

嘘だと、今度は胸の中だけで言った。いまじゃない。それはさっき帰ってきたときに玄関先で聞いたのと同じごまかし方だ。

「木崎さんは本気だったとか言ってたし。疑ってるわけでもなんでもねえけど」

形のいい指先が唇に触れてくる。色を濃くした下唇の膨《ふく》らみを辿《たど》られて、温かい湯の中にいるのにぞくりと肌がざわめいた。たぶん次のひと言でこの静かな時間の色が塗り替えられる。

「なんかめちゃくちゃにしてやりてえよ」

冗談めかした口調に、やっぱり意識がくらりと揺れた。

「すればいいのに」

彼の耳元で囁いた声は、響くことなく水の音に消えた。


肌の奥まで柔らかな雨音が染み込んでいたから、ベッドに横たわったときは波のようにすべてが揺れていた。

夜はまだ遠いのに、昨夜、子供みたいに寄り添って眠ったベッドがもう甘い海になっている。抱き合って互いをまさぐって、求め合うことがいまは自然だ。だからそうするしかない。舐めて噛んで、肌より深いところでつながりたい。

「っ、あ……ああ、あ……！」

水っぽい視界に赤い色がちらついた。律よりいくらか濃い色をした脩司の肌の、首や鎖骨や肩の辺りに点々と赤色が散っている。自分が我を忘れて付けた痕《あと》。

「いい、脩司さん、すごい、気持ちい……」

中を行き来する熱は硬く大きかった。腰を摑《つか》まれ、彼の肩に乗せられた足が為《な》す術《すべ》もなく揺れる。一番いいところを強くこすられて耐えきれずに頭を打ち振った。波に飲み込まれそうになって背を捩《よじ》るとさらに抱き締められて深く奪われる。怖いぐらいの快感にどこまでも踏み荒らされて、悲鳴をあげて仰《の》け反《ぞ》ったら尖《とが》った顎《あご》をざらりと舐められた。

「逃げるな、律」

低く耳に吹き込まれる。

「全部食わせろ」

その瞬間、全身を突き抜ける痺《しび》れに律は射精した。うねる粘膜が逆に彼を強く食い締めて、強引に引き抜かれめくり上げられる感覚にびくびくと震える。熱っぽく膨らんで痙攣《けいれん》しているそこをまたこじ開けられ、奥まで突き上げてくる荒々しさに喘《あえ》いで泣いた。

「待っ、て……くるし……、っ、あ、ああ、ふ、うう……っ」

苦しくて息ができなくて、おかしくなってしまいそうだったけれど、やめてとは言わなかった。言えなかった。

散々なぶられた乳首に歯を立てられて、出したばかりの性器からとろりとまた白濁が溢《あふ》れる。痛みは感じなかった。指と舌でいじられた小さな場所は性急に押し入られても最初から彼を飲み込んだし、その瞬間からもう自分の目や声は濡れていた。

「律、まだだ。まだ足りねえ」

薄い肉に指を食い込ませながら脩司が呻く。中に出されたことに一瞬気が付かなかった。目を開けると獣のように滾《たぎ》った瞳があって、それで律動がやんでいたと知ったけれど、体の中はまだ揺れている。

「我慢できるか?」

感じきってほとんど何も考えられないまま律は頷いた。色の薄い虹彩は甘く焦点がぼやけ、唇の隙間《すきま》には赤く柔らかな舌が覗いている。内側から染まったミルク色の肌や、そのとろけた淫蕩《いんとう》な表情や、細い首の折れそうな角度が、脩司の漆黒の瞳にどんなふうに映っているのか想像する余裕もなかった。

「もっと……」

律は華奢《きゃしゃ》な両手で脩司の首を抱き寄せる。

「なんでもできるから、全部して。俺の中に全部、出して」

脩司がどう思っていようと自分の方が欲深い。無意識の部分でそう感じていた。ぎりぎりで

も気遣う理性が残っている恋人と違って、身勝手な自分は苦しくてもいいとすら思っている。

「したいだけしていい、壊れないから」

キスをねだると念入りに口腔《こうこう》を舐められて、上顎や舌を刺激されながら指先で胸の粒を押し

潰される快感に精液にまみれた前が再び硬くなった。濡れそぼった内側に留まったままの脩司

が膨らんで脈打つ感触にたまらなくなって腰を揺する。

「ひ、あ、あぁ……、んっ、く……」

後ろから貫かれると声が抑えられなかった。唇に長い指を押し込まれて必死でしゃぶる。シ

ーツは涙や唾液《だえき》や様々な体液でもうすっかり汚れていた。

「アアッ、あ、も、い、いく、また、きちゃう、……ッ！」

何度目かわからない内側のみの絶頂に目の前が白くなる。中と外で体液がぐちゃぐちゃに音をたてていて、首の後ろや耳に歯を立てる脩司の荒い息遣いに本当に食べられていると感じた。意味のある言葉はとっくになくなっていた。シーツに染みが広がっていく。

剝《む》き出しの熱だけの欲望。十代の頃にすら知らなかった衝動にさらわれて、好きなように形を変えられながら律はうわごとのように喘いだ。

奥に出して。中にかけて、いっぱいにしてほしい。

「こぼさないで」

正面から抱き締められて縋るように哀願したら、ああ、と掠れた吐息が耳に吹き込まれた。

「わかった」

少しハスキーな声が普段よりもっと乾いて荒れて、でも艶《なま》めかしいほど色っぽかった。ざらざらしたその響きに快楽中枢を舐められる。快楽以外の感覚はみんな麻痺《まひ》して遠かった。一気に穿《うが》たれて強烈な悦楽が背骨を駆け抜けるのと同時に、体の奥が熱く濡れる。今度ははっきり感じた。溢れて広がる。それでもう一度、律は立て続けに達した。

「は……」

食い縛った歯の間から詰めた息を吐き出しながら、脩司の体がゆっくりと落ちてくる。その無防備な表情がまばたきの隙間でスローモーションのように焼きつけられた。

疲れ切って、満ちて、まだ世界が揺れている。

さあさあとスレートの屋根を撫でる雨の気配が耳に戻ってくる前に、優しいキスで律はぼんやりと目を開けた。

「大丈夫か？」

「……わかんない」

はあ、と息を吐き出した脩司が、「俺も」と呻いて身を起こす。

「まだ」

もう少しこのままでいてと頼んだが、「苦しいだろう？」と言って彼は腕を解いてしまった。

「重たくないのに……」

不満げにこぼした声は喘ぎすぎて嗄《か》れていた。

デスクに歩み寄った脩司は氷とボトルの入ったワインクーラーに手を突っ込んで、小さくなった氷を一つ摑むとベッドに戻ってきた。律は素直に口を開く。

「おいしい」

火照った舌にも唇にも渇いた喉《のど》にも心地よくて呟いたらキスをされた。舌先で少し遊ぶようにしてから、脩司は横取りした氷の欠片《かけら》をガリガリと嚙み砕いてしまった。

「くれたんじゃないの？」

「欲しいならもっとやるよ」

ブラインドが降りた窓の向こうはもうすっかり夜の色になっている。

脩司が寝室に持ち込んだ銀色のクーラーの氷は溶けてほとんど水になっていたけれど、それでもスパークリングワインは心地よい冷たさを保っていた。

律は彼の胸にもたれかかってその淡い金色の飲み物を飲む。

「夜中にときどき妄想するんだ。俺は松永律っていう一人の人間で救われた。だったら俺っていう一人の人間が書くものでも誰かを救えるんじゃねえかって」

片手を律の腹に回して、脩司は告白するように呟いた。

「昔から俺たちには本しか縋れるもんがなかった。金もねえし、暇さえあれば図書館や古本屋に通い詰めてたよ。手当たり次第になんでも読んだが、俺は連続殺人犯が派手に撃ち殺されるような話が好きだった。そういうもんに没頭してる間だけは自分の中のどうしようもねえ苛立ちが消えたんだ」

葉子さんは？　と言いかけて律は薄いグラスの縁で口を塞《ふさ》ぐ。わざわざ俺はと断るのだから、彼とは違う種類のものが好きだったに違いない。そしてきっと長い間、二人はそれぞれの好きなものを分け合いわかり合ってきたのだろう。

「子供の頃の俺たちには言葉にできないものがたくさんあって、小説にはそれが書かれてる気がした。この世のどこかに自分たちと同じ種類の人間がいる。そう思ってやり過ごせたことがいくらでもあった。だから、俺の小説が誰かにとってそうなるといいと考えることもある」

脩司が後ろからそっと肩に顎を乗せてくる。

「おまえの父親なら『そう願ってる』とか言うんだろうけどな」

「お父さんは願いなんて言い方はしなかったよ。思ってるって言ってただけ」

「思い続けるのは祈りと同じだ」

律は片手を持ち上げて、黒く固い彼の髪を撫でた。

「あんたは、子供のときのあんたと葉子さんのために祈ってるんだ」

どうしてそれが理解できたのかはわからなかった。けれどそうだという気がした。いまからはもう変えられない過去の悲しかった二人のため。自分たちと同じぐらい切ない誰かのため。脩司は否定しなかった。

「書くことでいまの俺も救われる気がするしな。たぶん意味があるとでも思いたいんだろう」

自分が生きていることの意味が。

「俺はあんたといると、自分に意味があるって思う」

——どうして会ってしまったんだろう。

空のグラスをサイドボードに置きながら、律は思う。

どうしてこんなに大事なものを与えてくれる人が手の届く場所にいたんだろう。

人の気持ちは変わるものだしすべての出来事は過去になるはずだったのに、もうそんなふうに考えられない。きっと脩司の小説の中、要するに彼の心に含まれた自分は死んでも消えないし、自分の中からもこの記憶は消えない。

「まっとうな仕事じゃねえから、たぶんこれからも迷惑かけるだろう。性格はよくねえし心配もさせるし、おまえは誰かにばれるってずっとびくびくしてなきゃいけないかもしれない」

脩司が手を伸ばし、ライトの横にグラスを並べた。

「だけど傍にいてほしいんだ。俺はおまえに支えてほしい」

優しく抱き締められてゆっくりとシーツに横たえられる。

「ろくな人間じゃねえってことは自分でもわかってる。売れなくなっていつ干されるかもわかんねえ。それでも――俺にとって一番大事なものが書けるまで一緒にいてくれるか？」

終わらない約束をしようとしているのだと思った。

ひとつ書いたらもっと次を、さらにそれを越えるものを書きたいと思うはずだ。それが人の仕事という営みだから。それならまだ先がある。ずっとある。

雨が少し強くなったらしい。

律は大好きな人の声のように心地良い雨音を聞きながら、静かに息を吐き出した。

「あんたが俺を好きでいてくれる限り、俺はどこにも行かない」

温かい胸の中から小説家の瞳を見上げる。

もうわかった。抱き合っていても恋人の中には削られるための魂がある。自分はその欠落を埋められるのだろうし、すり減った分を満たしたいと願っている。愛でも恋でもなんでもいいから、ただそうしたい。ここにあるのはそんな情だ。

「ごめんね、脩司さん」

律は彼の頬に手を添わせた。

「前に俺、人が死ぬ話なんて嫌だとか言ったけど、本当はそんなこと言っちゃ駄目だったんだと思う。あんたを制限するようなこと」

「それも含めておまえだよ」

脩司が笑って手を取り、白くて細い指の背に唇を当てた。

「おまえが嫌だっつっても書くときは書くしかねえんだ。制約なんて受けたりしねえよ」

「でも言わない。何を書いても口出しなんてしない。だけど、代わりに」

律はシーツの中に手を引いて、真下から黒く深い瞳を覗き込む。

「こうしてるときだけは、どこもかしこも俺のためだけの脩司さんになってほしいんです」

「とっくにそうしてるだろう?」

戸惑うように脩司の眉が寄った。

「わかってるけど、約束って口に出すもんだから。言って、ベッドにいるときは全部俺のものだって。他のことは考えないって」

「約束か」

苦笑した脩司の声が、一呼吸置いたあとに甘くなる。ざらついて体の奥で溶ける低い声。

「おまえと寝てるときの俺は髪の毛一筋まで、全部律のものだよ」

さっき耳にした艶《つや》が仄《ほの》かに滲む言葉を胸の奥まで飲み込んで、そして自分はもうこの人の一部なのだと思いながら律は恋人にキスをした。

「こら、律」

そのままくちづけを深くしようとしたらなぜか突然止められた。

何？　と瞳を揺らす律に、彼は決まり悪そうな仏頂面で「それじゃ駄目だろ」と言った。

「俺だけ誓っておしまいじゃ意味ねえじゃねーか。こういうときは二人とも同じ文句を言ってからキスするもんだろう？」

「……脩司さん」

律は潤みかけた瞳を思わず丸くした。

「よくそんな恥ずかしいこと思いつきますね」

「うるせえな、プロポーズまでしたんだから俺はもう恥ずかしくもなんともねえよ」

どこにも行かないと言ったしあんなに激しいセックスをしたあとなのに、いまさら同じ台詞も何もと——思ったけれど、約束ではなく誓いと言い直してくれたことが笑い出したいほど嬉しくて、律は一度唇を噛み締めてからそっとその言葉を舌に乗せた。

「脩司さん、俺はいつでもあんたのものだよ」

囁くと、自分が他の誰とも違うやり方で微笑むのがわかった。自分が彼を好きだと思うのと同じように、彼もこういう表情を何よりいとしく思ってくれているのかもしれない。

「俺のこれまでの時間もこれからも、全部みんな、脩司さんが受け取ってください」

秋の雨の夜。見届ける人も指輪もない誓約。

こんなことを本気で信じる自分たちはやっぱり子供みたいな気がするけれど、一度印刷された言葉はいつまでも変わらないものだから。

だから小説家がこの胸に記してくれた言葉は、永遠に現在進行形になるはずだ。

あとがき

お久しぶりの『小説家』です。三冊目の律《りつ》と脩司《しゅうじ》です。

このシリーズの一作目はキャラ文庫さんではじめて書かせていただいたお話でした。そのときは読み切りのつもりだったので、まさか四年後までこの二人のことを考えているとは予想もしませんでした。作中では出会って一年半ぐらいしか経ってませんけども。

今回は、これまで書き落としてきた脩司の世界がメインになりました。

前半部分に手を付けたときからずっと「律の話ではなく『律と脩司の話』の着地点って一体どこなんだろう?」と悩んでたんですが、後半の書き下ろし、終盤に差しかかった辺りでラストシーンがふと目の前に出てきて、そんな恥ずかしいこと書くのはちょっとなあ、と抵抗したものの他のパターンが思いつかず、うーん、そっか、律と脩司はここに辿り着きたかったのか、じゃあしょうがない、みたいな気持ちになってしまいました。

しかし、キーを打ちながらこれほど照れくさい思いをしたのは久々です。いや、でも脩司ははじめからこちらの思惑を無視して甘ったるい方向に突っ走る人だった……彼の小説家としての心情を想像するのは難しかったけど(なおかつ不親切な話になりそうだったからいままで彼の仕事には立ち入らないようにしてたんですけど)、面白い人でした。

書いてる最中はここがゴールになるとは思ってなかったし、最後なら一柳《いちやなぎ》兄弟も揃《そろ》って出したかったんですが、まあ、彼らはこのまま変わらず二人の親友でいるからいいのかな。匡史《ただし》は妻と子供に囲まれて、医師として忙しくも楽しい毎日を過ごすはず。克己《かつみ》と千衛子《ちえこ》は数年後に『プレジール』で可愛い披露宴を開くと思います。

土屋明里《つちやあかり》は十年ぐらいオーナーシェフを続けて、その後、コウに店を譲って恋人と海外移住したりしそう。コウはウェイターのハルと仲良く頑張ってくれるといいな。

脩司の自宅は以前私が住んでいた借家をモデルにしましたが、これが本当にぼろい家で、二、三年前に取り壊されていまは駐車場になっています。その道を通るたびに二人が別の場所で暮らしている様子が頭に浮かんで、律はいつか小さな洋食屋をはじめるだろうし、その二階では眼鏡をかけた脩司がパソコンに向かっているんだろう、と思うので、彼らはそのように彼らの物語を過ごしていくようです。

ともあれ「そして二人はいつまでも幸せに暮らしました」ということで、由緒正しい感じで律と脩司を終えたいと思います。

ここまでお付き合いくださった皆様、素敵なイラストで律と脩司のイメージを決定してくださった高久《たかく》先生、一緒に見守ってくれた二名の担当様、本当にありがとうございました。

また別の本でお会いできれば幸いです。

菱沢《ひしざわ》九月《くがつ》

この本を読んでのご意見、ご感想を編集部までお寄せください。

《あて先》〒105－8055　東京都港区芝大門2－2－1　徳間書店　キャラ編集部気付
「小説家は誓約する」係

Chara

小説家は誓約する……【キャラ文庫】

■初出一覧

小説家は溺愛する……小説Chara vol.16(2007年7月号増刊)

小説家は誓約する……書き下ろし

2009年9月30日　初刷

著者　菱沢九月

発行者　吉田勝彦

発行所　株式会社徳間書店

〒105-8055　東京都港区芝大門2-2-1

電話048-451-5960(販売部)

03-5403-4348(編集部)

振替00140-0-44392

印刷・製本　図書印刷株式会社

カバー・口絵　近代美術株式会社

デザイン　海老原秀幸

定価はカバーに表記してあります。

ISBN978-4-19-900539-8

キャラ文庫最新刊

月ノ瀬探偵の華麗なる敗北

愁堂れな

イラスト◆亜樹良のりかず

名探偵・月ノ瀬《つきのせ》 薫《かおる》の新たな事件は、子爵邸で起きた密室殺人！　殺された当主の息子・雪緒《ゆきお》は、なぜか薫に敵意を向けてきて!?

真夜中に歌うアリア

春原いずみ

イラスト◆沖 銀ジョウ

かつてボーイソプラノの天才歌手だった聖《せい》也《や》。今はピアノを専攻しているのに、人気声楽家の森上《もりがみ》に再デビューを仕掛けられ!?

小説家は誓約する　小説家は懺悔する3

菱沢九月

イラスト◆高久尚子

人気作家・佐々原《ささはら》の最新作が評論家に酷評された!?　恋人の律《りつ》は、自分の存在がマイナスの影響を与えているのかと悩み始め!?

間の楔④

吉原理恵子

イラスト◆長門サイチ

再びイアソンのペットとなったリキ。繰り返される屈辱の日々──そんな折、ペットのお披露目パーティーに出席させられて!?

10月新刊のお知らせ

秋月こお　[幸村殿、艶にて候⑥]　cut／九號

佐々木禎子　[弁護士は籠絡される(仮)]　cut／金ひかる

秀 香穂里　[愚者のために咲く花(仮)]　cut／汞りょう

水原とほる　[金色の龍を抱け]　cut／高階 佑

10月27日(火)発売予定

お楽しみに♡